香榭坊巡逻队

陈河 著

北京出版集团
北京十月文艺出版社

目录

1　香榭坊巡逻队

49　蜘蛛巢

83　涂鸦

151　西尼罗症

209　猹

271　夜巡

香榭坊巡逻队

> 而在做完他们所做的一切之后,他们起床,冲澡,扑粉,喷香水,梳头,穿衣服,就这样,一步一步,他们又变回不是自己的模样。
>
> 胡里奥·科塔萨尔

小区之前都平静,突然开始出事情。

五月里,庄德礼在他自己暗中运作的数据系统上注意到多伦多西边的橡树谷区域发生两宗入室盗窃案。两周以后,他吃惊地发现这类入室盗窃案正在系统上蔓延开来。他是个数据分析专家,对于城市每天产生的数据有一种特别的好奇,经常会越界进入不公开的数据库。这回他本来在观测城市的治安情况变化,想建立一个预测长期房地产市场发展的计算模型,意外发现了入室盗窃的趋势。在接下来的日子里，他开始认真监测入室盗窃案的发生地点流向，惊奇地发现被盗的几乎全是华人。由于信用卡的使用，现在大部分人家里已经基本不存现金，电器、衣物等东西已不是重要财产，入室盗窃几近消失。但近年新来的华人增多，华人家里喜欢囤现金，还有名牌包、首饰、黄金等，再次激活了古老的入室偷盗行业。庄德礼发现，案发地点虽然在变化，但如果把地图距离拉开来，其中是有规律的。他准确分析出盗窃案不是个人所为，而是团伙，而且至少有三个团伙。他很快又有了一个发现，几个团伙正在逐步接近他所居住的香榭街区域，两周之内必定抵达。

果然，区内第一个入室盗窃案如期而至。主流媒体英文报纸《多伦多星报》和电视CP13频道都报道了这个案件，说是一个华人牙医家里被盗走十万美金和同等价值的珠宝首饰。窃贼的技术相当好，是从屋顶的天窗进来，在十分钟的时间内扫遍了藏有细软的角落，打开了保险箱。作案过程被闭路电视拍了下来，警察接报案两小时后到了现场，采了指纹拿走了监控，之后就没了下文。几天后，埃德加街的那个红色屋顶大宅被盗，这屋里住着一个印度老太太，是个有钱人的遗孀，据称被偷走一块很大的红宝石。庄德礼之前预测贼人目标都是华人家庭，这案子是个例外。

就在三天之后，他自己中招了。这天晚上他和太太一起去参加北京大学校友的一个小规模聚会。他开的是一辆外观低调的路虎车，土灰颜色，和自然融合，车身看起来不高，底盘低，车厢内部宽敞，动力巨大。当他从埃德加街转入玛丽谷之后，马上有一种预感，身上起了一层鸡皮疙瘩。他将车子开到了自己家石头和黑生铁构成的围栏外，没有像往常一样早早按下车内后视镜设定的大门开关，而是静静观察了一下周围。几颗塔松的松果落地，地面上都是落叶，没见到前院里有异常动静。他迟疑了一分钟，才按下开关，围栏铁门横着被钢丝牵引着拉开。在外墙门关上之前，他没有进车库，因为之前看过一个视频，当一个独立屋的主人开车子进车库时，伏在车库外的杀手在驾驶室的视线死角处钻进了车库。车库关上之后，里面的情况都看不到了，屋主人被谋杀。在确信没有埋伏之后，他开车进了车库，仔细观察每个角落，鼻子不停嗅着，警犬似的。果然，一进屋子，立即有一股陌生的气味扑鼻而来，有人进入过屋子！老婆第一件事情是冲到自己卧室，几个她从巴黎买回来的香奈儿、CD包都被拿走了。家里没有放现金，贼人把所有抽屉打开翻找，拿走了两件加拿大鹅牌的衣服，在地下室的酒吧里喝了酒，在主卧室的卫生间拉了一泡屎，没有冲水，刚才的气味就是从这里来的。庄德礼愤怒地打开了后院的门，把照明灯全点上，只见灌木中还躲着几个贼人，见了光露出戴了面罩的头，飞快地跳过栅栏跑到了峡谷里面。庄德礼知道他们不会跑得很远，车子肯定停在附近。他马上打911报警，接线员问有没有人受伤？有没有开枪？在庄德礼回答说没有之后，接线员说警察一时还不能过来，得明天白天才有时间过来勘察。加拿大警察的行事作风他是领教过的。二十年前他刚来时住在出租公寓，买的第一辆车是二手的道奇，停在地下车库被偷走了电瓶。他打电话报警，警察安慰了他几句，意思是这种小案件警察是不会管的。那时他还没钱，一个电瓶对他来说是重要财产，最后还是到车行买了一个二手的电瓶装上去。他对警察很失望，现在也是。但他现在有了一些办法。比如他可以侵入警察局网站查看本区报案记录，发现在一天之内有六个入室盗窃案报告，每个案件都有地址记录。他查了房地产交易网，发现这六个都是华人家庭。就是这个时候，他心里开始产生建立街坊联防巡逻队的念头。

庄德礼住的地方位于城市北部，这里有一条道路叫Shaughnessy Ave，华人给它取名香榭街。百年前这里是乡村别墅区，至今还有一条路叫Deerwood，说明当年这里有鹿群出没。随着城市不断扩大，这里离市中心不远了，成为居住区。因为地块大、位置好，之前的旧木屋推倒翻建成了豪宅。三年前，有一天庄德礼去乡村俱乐部高尔夫球场转错方向，进入了香榭街区。一棵巨大的英国柳树遮天蔽地，至少有几百年树龄，几个人抱不过来，就长在路边，准确地说是长在一座大房子的前院。他开着车子在这个区里兜了一圈，到处是高耸入云的古老大树，他认得的就有云杉、大枫树、俄罗斯白桦、英国山毛榉。香榭街尽头有一条小路叫玛丽谷，一侧靠着多伦多由北向南的丹河峡谷，峡谷内长着高大的枫树，红得如梦如画。峡谷后面有一条河流，被树木包围，这一段是行人不能进入的地方，峡谷的另一侧就是乡村俱乐部高尔夫球场。在这条小路上，有许多掩映在风景中的大房子。第二年秋天，他发现那座背景有几棵特别红的枫树的房子在挂牌出售，他特别喜欢这房子外墙贴的那一种火山结晶岩石片，就出手买下这处房产，搬过来住了。

　　起初，他以为自己是最早进入这里的华人。有一天，他看见一辆黑色奔驰G500吉普车（华人偏爱这款车，称之为大G）从对面开来，开车的是一个华人女性，凭直觉他认定她是大陆华人。她不是过客，后来又看过她几次，肯定在这一带居住，但不知在哪条路上。再外围一点的皮尔森路上，有一些红砖外墙的房子，他有一次看到有华人老爷子在扫前院车道，还有一次他在丹霍姆街和布莱森街交界处散步时隔着围栏听到一对夫妻用四川话吵架对骂。区内华人在快速增加，只是相互不来往，路上遇见了连眼神也不接触一下，更别说交谈。大概一年之后，他有了一次重大发现，看到了那辆黑色的奔驰大G停在玛丽谷口和草原街转角的"城堡"前面，铁门正在打开，大G车进入里面的车库。这事让他印象深刻。"城堡"是一座带着浓重哥特式风格的大房子，很像他在法国斯特林思堡见过的一座古堡。它的屋外结构和装饰用了全套的黑生铁艺，这让他联想起一句形容满身刺青的NBA球星艾弗森的话：他体重只有八十公斤，其中七十五公斤是身上的刺青颜料。这些黑生铁部件就像艾弗森身上的刺青一样，好看又怪异，好像整个房子是由生铁组成的。其实这屋子外墙主要还是石料，石头砌成的塔楼只有洞口没加门窗，塔顶有带风信鸡的避雷针。墙顶上和窗洞内有样子笨重的金属灯饰。这房子位于玛丽谷大房子区的入口处，当初建筑商好像注意到这一点，让它有一种门户的意味，所以小区内的人都会想到"城堡"这个名字。如今他知道了"城堡"里住着一个开大G的女主人。

庄德礼喜欢看电视上的野生动物频道。高原山地有很多穴居的鼠兔,出洞穴活动时先有一只瞭望,发现险情就会发出警报,其他鼠兔再躲藏起来。他想当那一只瞭望警戒的鼠兔,但目前区内的鼠兔各自提防,互不来往,根本还没有一套信号系统。现在他得改变这个局面,得走访联络几个洞穴。

第一个洞穴是埃德加路口墙上贴彩色大理石的那一家。这家户主是个剪着短发的华裔女生,有时能看到一个华裔老人在门口洒水扫地。这天他主动去按门铃,门框上有监控镜头,他抬头对着监控,好让里面的人看清他不是踩点的贼人。果然有效,门开了,屋主人和他说话。交流出乎意料地顺畅。女主人叫刘滢,上海人。庄德礼一报自家门牌号,她马上就知道他的房子,说他家后面的枫树太好看了。这几棵枫树成了他的名片,住这样房子的人是可以信任的。说起入室盗窃案,刘滢说自己正在召集邻居商量对策,已经联系了几家人,明天就在她家碰头,庄德礼在这个重要时刻出现真是太好了,请他明天一定来参加。

第二天出席会议的除了刘滢夫妇和庄德礼,还有:孔蒙申,地产经纪人,他的房子在丹霍姆街,后院有足球场那么大,野兔多，引来几只胡狼常在这里出没；列治文山有名的牙医咸森林，拥有四个牙科诊所，《多伦多星报》说的被盗十万美金的就是他家。比起香榭坊的大宅，刘滢家房子不算大，布置却很精心。大厅引人注目地有一架小型雅玛哈三角钢琴。墙上的画很多，有鉴赏能力的庄德礼能看得出这些画都是高仿品。聚会在地下室举行。比起楼上的客厅，地下室显得更加讲究。地面铺着厚厚的波斯地毯，中央有一张樱桃木台球桌，后面是一个投影屏幕，一套卡拉OK的设备。右手边是酒吧，台面用了红色的意大利大理石，摆着各种各样的芝士，柜中全是洋酒。边上一个门，打开来是一个宽大的家庭影院，配了大银幕和大功率音响，和电影院的包厢差不多。左手边有一间发烧友级的音响室，设备很讲究，一个插头值上千加元，电源要经过电波过滤器，消除杂音。机器下面垫的是高级红木和大理石。可以想象盗贼若进入这样精细的地方就如同大象进入瓷器店，所以刘滢夫妇会特别积极地组织邻里防范入室盗窃。

寒暄几句后，就开会。刘滢通报了自己掌握的情况。目前活跃在多伦多的一批窃贼主要来自南美。窃贼只要弄到一本墨西哥护照，就可以免签证进入加拿大。他们进来后有组织地进行盗窃，即使被抓住了也很从容。加拿大对偷窃罪惩罚力度很小，疑犯被指控后往往能与检控官达成认罪协议，坐免费飞机回到老家。就算被判有罪入狱，刑期也只有短短三个月，一旦获释，又可以重新上街重复作案。有一个例子很说明问题，一名哥伦比亚妇女和她的女儿们经墨西哥来到加拿大，偷窃被逮捕后，向加拿大政府申请难民保护。她承认犯有五千加元以下的盗窃罪，被判九十天监禁。现在，她已经获得人身自由，难民申请已在审理中。在这个等候过程中，她和她的女儿们住在一个新建的每月一千四百加元租金的公寓里，所有费用都由政府福利支付。她第二个女儿还生了一个孩子，自然拥有了加拿大国籍。现在这个家庭被驱逐的可能性几乎是零。近年来，这些流浪的罪犯发现了一块未开垦的肥沃宝地：华人的家庭，尤其是那些大房子。窃贼的策略很简单：让一名戴着头巾的女人或者装扮成公司推销员的男士去到住家门口叫门，如果没人回答，就从后院破门闯入，首先前往主卧室，寻找珠宝、名牌物品和现金，无一不得手。到目前为止，约克区报案几百起，破案抓获的罪犯人数为零。

庄德礼也提供了自己掌握的数据和自家被盗的经验，根据他的观测，接下来会有一个案件频发高峰期，要做好准备。到会人员一致认为要把区内街坊动员起来，召开一次邻里大会。

刘滢当场建了微信群，取名香榭坊WATCH OUT邻里相望群。她让各位通过微信把消息尽快发出去，还准备打印一批纸质通知送到已知是华人住户的房子。刘滢负责安排开会的场地，定好了开大会的时间。

第二天晚上，庄德礼看了一下新建的邻里相望群，吓了一跳，人数已经增加到一百多。邻里大会地点在埃德加街120号的房子里，主人冯建德是个建筑商。庄德礼家离这里约九百米，不须开车就走了过来。按照这边习惯，聚会时每人会带一样食物过来，他带了一瓶红酒和一盒日本寿司。当他接近开会地点时，看见路边停满了汽车，华人家庭男女老少一起出动，拿着折叠椅子聚集过来，很有气势。埃德加120号在大路边，是座五车库的大房子。庄德礼走到开大会的后院，看到一个巨大的游泳池泛着碧波，倒映着天上的蓝天白云，边上有很大的凉亭，上百人在这里也不显得拥挤，三排长桌上摆满了食物和饮料，主人提供了一只烤全羊和酒水。参会的除了华人，也有一些西人，大部分是华人的配偶。那个被偷走红宝石的印度富孀就住在120号隔壁，也来参加，还从印度餐馆订来一大盘印度式的饺子。来客中一个白人男子是约克区警察局便衣侦探麦克，还有一个列治文山的女议员，这个地段是她的选区。集会一开始很正式的样子，先由刘滢主持介绍情况，因为有议员和警探及非华裔邻居参加，全程使用英文。女议员发表了讲话，称赞华裔社区的团结和贡献；麦克侦探介绍了警方掌握的盗窃案发生动向。议员和侦探象征性出席了聚会开头部分，提早离了场。之后大会便进入自由讨论，某种程度上成了社交联谊活动。大家就如何防范打击入室盗窃献计献策。成立巡逻队的建议很快被提了出来，很多人都会往这边想，连印度老太太也会这样。她说小时候在印度乡村，野生的大象会到玉米地吃庄稼，村里的人就会成立巡逻队，埋伏在地头。野象来时放鞭炮烟火，敲响铁箱子，吓跑它们。还有一部分人提出要多装监控器，可以运用刷脸高科技，同时配合无人机在空中巡逻。想法越来越多，群众脑洞大开。

庄德礼和会场房子主人冯建德聊起天来，相互加了微信。他一看对方微信名乐了，叫高传宝，配的头像就是电影《地道战》里的主角剧照，头上包着白毛巾。初次见面，他不便马上问他为什么用《地道战》中的剧照和名字。和他聊起天，知道他毕业于浙江大学土木工程系，到多伦多之后一直在本专业内干活，起初给建筑公司当施工员，后来自己做点小工程，而现在他是个大建筑公司东主，和市政府有大量工程合约，主要是地下通道设施方面，还有TTC地铁的辅助工程。庄德礼问他，用地道战的元素作为微信名是不是和他目前从事多伦多地下工程有关系。冯建德微笑不语。他说了一些让庄德礼觉得疯狂的话。冯建德说在某个维度里，城市的地道是到处存在的，和高家庄的地道没什么区别。这个事情是得到证明的，他说自己在维修地下工程时，亲眼看见有的人往墙壁走去，人就消失了。那些人是进到了地道里面，就像《哈利·波特》电影里经常出现的那样，是到了一个维度外的世界。他在掘进地下道时，经常会遇到这些地下路径，打破了，还得修回去，绕开来，人要是误入这些地道就回不来了。冯建德举了一个很说明问题的例子，墨西哥毒枭古兹曼·洛埃拉在监狱里面从抽水马桶下面逃走，营救人员就是这样的神奇地道专家。庄德礼听他说话，觉得这个家伙好像有幻想症，可能科幻片看多了，但看他实业做得那么好，证明他不是个疯子。

在和冯建德交谈的时候，庄德礼心思有一半在后面一排坐着的一个女生身上。她就是那个开大G车的女子。之前只是在车子经过时打一眼，惊鸿一瞥。现在他可以在静止状态看她，但是也不能瞪着她看。作为一个成功人士，他接触过无数素质优秀的女生，他最相信的是第一眼直觉。这些年来，庄德礼一直心平如镜，过着无所事事的隐居式生活。刚才当他看到她出现的时候，居然有心跳加剧的感觉，说明他是在意的。这女生身上有吸引他的东西，不只是她所居住的那座"生铁城堡"。他看到她去摆满美食的桌子那边取餐，也跟了过去，好像她身上有种磁力。她取了一只塑料纸的用餐手套，可怎么都搓不开黏在一起的口子。庄德礼很自然地把一只已经错开口子的手套递过去，换得她一声谢谢和一个眼神。为了回报他的帮助，她建议他吃一块她带来的南京盐水鸭。

"这么说，你是南京人？"庄德礼开始了第一句和她的对话。

"我是重庆人，不过在南京读的书，学会做盐水鸭。你呢？"

"武汉人。我在路上看过你开车，还知道你住在路口的'城堡'里。"庄德礼说。

"我散步时有经过你家门口，你家后面那几棵枫树太好看了。"女生说。刚才开会的时候庄德礼发言时报过自己家门地址，她记住了。

"还是你家的'城堡'更好看。你已经加入微信群了吗？还不知道你名字呢。"庄德礼说。她的脸很白净，眉角略有细细皱纹，头发乌黑。

"加了，我的微信名字是YI，我叫南懿。"

庄德礼很快就在微信群的通讯录里找到她的名字。这时候，他本来可以提出相互加一下微信。但是他知道真要接近一个在意的女生，初始动作越慢越好，就像猎豹接近一只羚羊。他知道今天的交谈该结束了，在最好的状态下结束，下次的交往会更加顺畅。

这次的群众大会取得高度共识，每个家庭都扛着一个铁丝加塑料板做成的牌子回家，上面用英文写着Neighbor Watchup（邻里相望）。大部分家庭把牌子插在门口，也有个别人多了个心眼，这不是告诉贼人我是华人吗？就把牌子放在车库里没插上。这个措施容易实现，而第二件实事建立巡逻队却有难度，要有人力物力。在大会上，有个北京老乡就提出来，这还不容易？咱们照着朝阳区大妈的方式不就得了吗？保证贼人寸步难行，插翅难逃。但是问题来了，北京有很多大妈，土生土长，了解每一寸土地街角，每一句方言，是"土地爷"。在香榭坊可找不出这样的一支大妈队伍。的确有一些大妈大爷，但多是子女带来的，不会英文，出门还会走失，根本担当不起这样的重任。所以这件事情还得会开车会英语的青壮年来做。先是有人提出义务制，每家出人，不出人出钱也可以。这个提法很快被否决，加拿大是个平等国家，不能用钱摆平，而且这里的住户不差钱。最后决定还是采用荣誉制，英国骑士方式，自愿报名，让出巡的人在区内获得名望。

经过一番组织，巡逻队成立了。根据地段，分成三个小队，每次值班巡逻两个小时，主要是监视区域内异常情况，有情况及时通报。一是报告户主，二是通报微信群，三是盘问调查。每组有五个队员，从晚上六点开始到第二天早上六点，每两个小时轮班，巡逻队员要开着自己的车，在香榭坊的街区之间巡视。他们选择了十个观察地点，巡逻间隙就在那里埋伏，观察情况。

庄德礼第一次出勤时段是在晚上八点到十点。这两个小时他开着车在区内巡逻，小区并不大，兜一个圈不到十分钟，所以他很多时间是停在观察位置上。他第一次发现可疑情况是在西林街看到有一辆灰色尼桑停在路边，当他开车子经过时，看清驾驶座上是一个南美模样的人。他把自己的车停在了路边，车头朝着尼桑车方向，开着车载行车记录仪拍摄，觉得这人很像个踩点的。他把视频在群里直播，很多人在看，都提醒他注意安全。很快又有一个空中角度视频出现，是无人机出动了，从空中切换画面（后来他知道无人机操纵手是南懿的儿子）。有人建议他过去盘问，但也有人说这是送死，万一那人拔枪崩了你咋办？微信群中有一户人家就住在无人机实拍的视频画面之内。突然他说话了：看！这人是我家女佣的老公。视频上出现了一个女人走出一扇大铁门，尼桑车上的男子下车，先和她拥抱，然后打开车门让她上车，场面很温馨。看着车子远去，庄德礼想幸好没有过去盘问人家，要不然会多么尴尬，这可是一种对别人的歧视啊。

庄德礼的第二次巡逻就没那么岁月静好了。那是夜里两点来钟，他看到了一辆皮卡从橡树路进来，进入玛丽谷。这个时候不可能有施工的，一定是贼人。于是他的车子跟了过去，看到车子进了PENBORD小径，这是一条死胡同，他跟进的话会有危险，就要求空中支援。无人机起飞了，拍到贼人扛着长梯子，从一个边门进入后院。在瞭望网上监视的孔蒙申一看这房子是群里的华人老高家，他家做纺织品生意，家境殷实。群里已有电话通讯录，他马上打电话通知老高。这家伙已经入睡，被手机叫醒。老高一边和群里人说话，一边听到屋顶上有响声，马上打电话报告警察，说贼人正在屋顶。这回警察很快赶到，因为这种情况有可能出人命。警察到来时，贼人还在屋顶，下不来，被警察活活逮住。这是三个月以来警察首次抓获入室偷窃的贼人。多伦多华人自媒体"超级生活"报道了这一消息，香榭坊巡逻队在加拿大华人社区圈内出了名。

天很快冷了。在进入冬天之前，多伦多会有一段飘着雨丝的阴雨天。这天又轮到庄德礼巡逻。他转了一圈，把车停在了"城堡"下面，可以看见"城堡"南面的窗户。这看起来是无意的，事实上是受到了一种吸引力，他对"城堡"有好感。他看到窗内有灯光，隔着窗帘还见人影晃动，很像电影里的镜头。庄德礼突然很想和南懿说说话，他和她还没有个人微信，又不想在群里和她说话。他觉得现在是申请和她建立微信关系的时候了。他在群里找到她的名字，在要求加微信的一栏说：我是JHON TERRY，正在你的"城堡"下面巡逻（JHON TERRY是他的微信名，也是他的英文名字）。发出之后，他心跳，等着她接受，又有一种害怕她会接受的心理。他看着窗上的灯光和人影，想着：她在干什么？有没有看手机？看到他的话会怎么反应？

足足有半个小时，庄德礼的心思都在手机上，不见南懿回复。他想起自己读大学时军训，有一次夜里站岗，抱着步枪睡着了，结果被训练营的军官查到，受到通报批评。他觉得自己现在也是在站岗放哨，这样看手机和抱着枪睡觉差不多，于是就放下手机继续观察路上情况。可就在这时，突然听到手机叮咚一声轻响，这是有人接受了申请的信号。他心跳加剧，打开微信一看，果然是YI加他了。她回了一句："辛苦了，轻骑兵！"

这一句话让他觉得很是亲切。"轻骑兵"这几个字说明她是看过俄罗斯文学的，而他也是看俄罗斯的书长大的。"轻骑兵"这个词也很切合他眼下所执行的任务，为接下来的对话开了一个好头。

"夜里看到你的灯光很温暖，我想起一首歌《罗蕾莱》，这歌唱的是德国河流上有一处悬崖，水手被悬崖上的歌声吸引，结果都撞到暗礁上。"

"知道这个歌，蔡琴唱过的。可我觉得那首《十五的月亮》更应景：你巡逻在祖国的边防线，我在家乡耕耘着农田。"接下来是一个大笑的emoji（表情符号）。

"对你来说这歌太俗了，喜欢俄罗斯文化的人不会喜欢这歌。"

"你怎么知道我喜欢俄罗斯文学？"

"看你叫我轻骑兵，这话只有看过俄罗斯文学的人才知道。"

"算你聪明，我真的喜欢俄罗斯，喜欢《日瓦戈医生》。"

"你还记得书里'带雕像的房子'这一段吗？"

"记得啊,这一段是我最喜欢的。拉拉住的房子对面就是一所带雕像的房子。日瓦戈找到那所房子,和拉拉一起把水挑到里面。"

"你记得真清楚。知道吗,我们区内丹霍姆街一座房子外边有精美的雕像。每回经过那里,我都会想起拉拉的故事。"

"你真是一个有意思的人。你是一个文青。你是一个什么样的人?说说看。"

"说来话长,某种程度来说我是个被铐着锁链的人,没有自由。我在麻省理工读完博士之后,创立了一个叫PLATFORM的数据公司,鼎盛时有一百多名员工。本来我想大干一场,可IBM看中了它的价值,花了一笔大钱要买断它。我并不想卖,可要是不卖就会被IBM逼垮破产,只得同意。IBM的合同附带了一个条件,从此我再也不能从事任何有关IT的商业活动,除了可以买农场搞种植业。"

"一看你就知道是有才华的人。可惜被囚禁了。"

"被囚禁的人对于'城堡'会特别敏感,因为'城堡'是囚禁的象征。"庄德礼说。

"其实我也是被囚禁的人,在这里六年了,带孩子上学,从小学读到高中。"

第一次微信说话就情投意合。庄德礼从来没有对邻居说过自己卖掉公司的经历，这是商业秘密，居然都对南懿讲了。卖掉公司之后，他的财富够他一生做个富人，再也不需奋斗，但是他的人生失去了动力。而此刻，他突然觉得自己内心的废墟里有一处地方冒出了暗火。

这天早上，一条不是入室盗窃的消息引起群里人很大不安。牙医咸森林夫妇牵着他家的纯种小哈巴狗外出散步，在过丹霍姆街和斯各特街口时，有一条看起来不很大的拉布拉多犬猛扑过来，狠狠咬了小狗颈部一口。这狗主人正是街口49号的屋主，这家伙每天下午五点左右会在门口的马路上用曲棍球棒击球，让他的狗去把球捡回来。他有时玩得嗨了会脱掉衣服光着上身。消息在群里传开，反响很大，很多人都遇见过49号屋主人在马路上和狗玩曲棍球，但没想到这狗那么凶。这个白人男见自己的狗咬了别人的狗，说了一声sorry，带着狗回到屋里。牙医一看自己的狗不行了，立即抱着狗回到家，开车直奔动物诊所。不惜代价抢救，花了不少钱，小狗最后还是死了。警察对于这件动物伤害案远比入室偷盗案重视，接报案之后马上到了49号房子调查取证。证实是这家的拉布拉多犬咬死小狗之后，很快有专业动物人员过来带走了这条狗，让它安乐死，狗间蒸发。没有几天，人们在路口又看见了这个白人男光着上身挥着棒子击出曲棍球，有一条新的狗口吐白沫在捡球。这狗比之前的大，是更凶的英国斗牛犬，而这个家伙的眼神也更让人害怕了，从此华人散步都绕着圈子走了。

庄德礼对这件事有一种更复杂的提防心理。他对49号这家有印象。这是一间老平房，有一侧种植着浓密的柏树，无法看穿，还有些郁金香之类花草会从柏树底部长出来。这屋子的地皮不小，要是卖给建筑商翻建新房应该价格不菲。现在屋里肯定住了不少人，车道外边总是停着至少四辆车。有尼桑、丰田，有时也会有好车，先前有一台宝马，后来有过一部奥迪和Jaguar，这些车总是有一个部位被撞过，又不加以修理。经过这里总闻到一种刺鼻又有点令人愉快的气味，毫无疑问，这是有人在抽大麻烟。他好几次看见过警察的车子停在外面，警察进到屋里去，说明是有事情的。还有一次他散步经过这里，是在牙医家狗被咬死之前，远远看见一个中年妇女站在车道外和看起来是屋主人的白人男说话。这屋里有好些个白人男，他弄不清哪个是打曲棍球的。那女的用很大的声音和白人男吵，白人男处于下风。庄德礼听到女的说了一句话，说白人男把一个未成年的女孩拘禁在屋内，要告发他。白人男没有发狠，只说你去告发吧。当庄德礼走过去之后，那女的开了一辆红色的车子从他后面过来，朝着北面开去。

某个晚上，十二点左右。巡逻中的庄德礼车子开过丹霍姆街时，注意到49号房子内还有很多人活动，路边还停着几辆车，后院还有灯光。他突然产生好奇心，这家人夜里干些什么呢？会不会和区内的入室盗窃案有联系呢？他把车停在一百米开外的一个隐蔽处，后面是布莱森街那座最漂亮的大房子。他一边用监视器看着49号房子的动静，一边和正在相望群里值守的孔蒙申交换情况。就在这时，他听到有人敲他玻璃，外面出现了一张人脸，一个白人持一把手枪对准他，让他摇下窗。他知道有危险了，但是无法脱身，万一这人开枪怎么办，只好把窗玻璃摇下。

"FUCK，你在这里干什么？"对方说。他后边还有一个人，是黑人。

"我是这里的居民，是邻居，就住在隔壁街上。"庄德礼说。

"你半夜停车在这里干什么？"

"我在巡逻，最近这边入室案件多。我们在自卫巡逻。"

"都是你们招来的事情，从我的视线里快滚开，臭中国佬。"这个家伙说道。

庄德礼知道受了极大侮辱。但是不能吃眼前亏，无法和他论理，只好马上开车走了。

这事给了他当头一棒，这区内是有危险分子存在的。他和刘滢等人商量，说小区内有种族歧视的人，要进行抗议。可怎么抗议？对方到底是谁呢？他起先以为是49号屋里的人，但是刘滢告诉他，其实这边不少西人大宅都雇着私人安保公司的保安，夜里会暗中巡逻，这是侦探麦克告诉她的，也许这人是个私人保安。庄德礼想了想，觉得对这事很难做出反应，因为找不到对手，如果瞎抗议区内别的族群，会越搞越糟，破坏邻里关系。这个区内住户都很爱安静，邻里交往不多，华人还是最近才开始抱团的。49号这家是个例外，听说屋内有精神病人，最近还自杀了一个人。庄德礼一度有点出现幻觉，好像这里是个华人居住的家园，现在如梦初醒一般明白过来，这个区不是真正的"朝阳区"，而是各种族混居的区域。地产网上有人口分析的圆图，用不同颜色表示各种族的居民比例。意大利语人口占25%，英语人口占30%，伊朗语人口占20%，华人占的比例仅一成多。事实上，这里最大最好的屋子都不是华人的。在西林街尽头那段没有行人道的路上，深入峡谷有巨大的房子群，路边标着门牌的地方仅仅是个入口，想看一下峡谷里的房子模样都看不到，庄德礼在这里住了三年都不知道峡谷里的房子住了些什么人。庄德礼虽然能进入各种复杂的数据系统，但对邻居了解甚少。比如丹霍姆街门口有雕像的屋子最近挂牌子要转卖，庄德礼好奇，查了一下价格，看到和同样的房子相比，这房子报价贵了四百万加元。他请教地产经纪人孔蒙申，答案是这屋内装潢特别名贵，是请蒂凡尼公司的设计师做的，天花板上贴着很多钻石。这话庄德礼觉得可信，因为屋外的那些雕像是真正的大理石和青铜做的，放在古罗马博物馆内都不会让人觉得假，屋里面肯定有好东西。还有埃德加路58号那座门脸有点像白宫的大宅，门口有个喷水池，大院内可以停十几辆车，车位总是满满的，每次看到的车都不一样，都是少见的名车，有些跑车他都没见过，不知道品牌。常看到大胡子中东人带着美女出入，可能是个私人地下俱乐部。这些邻居根本不和区内的华人来往。

　　终于有一天，出了一件事情，他和区内那个屋子像宫殿一样巨大的外族邻居打了一次交道。这天早上，庄德礼接到报告，说昨天夜里巡逻队的无人机在巡逻时撞到了西林街口150号那座巨无霸房子围墙内的大柳树，失去了影踪。这部无人机是南懿儿子操控的，功率大，配备全视角高清摄影仪，没有它，巡逻队等于失去了眼睛。南懿儿子据说打电子游戏和玩航空模型是个高手，却是个腼腆的孩子，不敢去那个大宅里要回无人机。刘滢把情况告诉了庄德礼，问他能不能出面一下。这事让庄德礼想起读小学的时候，他和伙伴经常会把足球踢到操场后面一堵粗石垒成的围墙里。那是最可怕的事情，围墙那边的主人非常凶狠，有好几个同样凶狠的儿子，他们家屋顶有个阁楼上养着鸽群。遇到这种事，大家就抽签决定谁去敲门把球要回来，抽签时会像决定生死一样紧张。去要球的人经常会被打耳光，有时候要回来的球已经被剪破，庄德礼额头就吃过主人一个"毛栗子"。但西林街口巨无霸屋主人不是这样凶狠的人。庄德礼之前散步时见过这屋主人，是个壮实的老人，他在路边的草地放了很多儿童喜爱的小雕像、风车、小喷泉，自己经常和老太太戴着破草帽子在路边拔杂草扫树叶。庄德礼知道这事得马上处理，因为这无人机不是玩具，有很强大的侦察功能，落入对隐私权敏感的西人家里有可能变成大事情，要是警察介入调查就更麻烦了。他决定立即去拜访这屋的主人，看看能不能顺利取回无人机。

　　这天庄德礼进入了这座房子。房子建在两条街路交界的高地上，像神殿一样巨大，却没有像区内别的房子那样的铁门，连木头的栅栏墙都没有，完全开放式的。他刚进来时，发现前房门门框上有一个交叉的标志。他明白这屋主人是犹太人，《旧约·出埃及记》记载，耶和华因为埃及法老不让摩西带以色列人出埃及，要击杀所有埃及人的长子。耶和华要以色列人用羊羔血在门楣和左右门框上涂上记号，凡有羊羔血记号的房子他就会略过。庄德礼不知道全球的犹太人房子是不是都有这个交叉标志，只知道多伦多的都有，当然不再用羊羔血了。他进入了屋内，能看见的地方不过是屋子内部的百分之一，那是个巨大客厅，高大的塑金穹顶，波斯地毯，墙上有一系列的大型油画，带着涂金的画框，里面的人物比真人还大。之前在路边见过的老人在客厅边的书房接待他。这里的书架连到屋顶，得用移动的梯子才能够得上那些烫金的羊皮面书籍。庄德礼心里服气，知道华人在这里的宅子是无法和这个房子比的，这不是靠金钱就能做到的，那是一种文化气息和气派，得靠年头才能生成。

老人无比友善，说自己童年时期在上海度过，是被中国保护的犹太人。他还说和香榭街隔着一条街的巴佛斯特路就是犹太人聚居的地方，有完整的犹太人社会设施和组织。老人住在香榭街区有年头了，对每座房子的历史都有所了解。他说起庄德礼房子的前房东曾经是一个有名的冰球前锋，后来还当过教练，卖掉房子是因为他要搬到温暖的美国佛罗里达去住。

庄德礼和他谈起区内华人住户频频遭到入室盗窃的事，说起了华人自发组织巡逻队，然后顺势说到了掉落在他院内的无人机，说完之后就条件反射头皮紧张，准备像小时候一样被那个围墙里的凶主人用指头在他脑门叩"毛栗子"。老人说自己已经把无人机收了起来。这老家伙很像以色列已故总理沙龙，模样像，性格也像。老人问他知不知道在社区上空用无人机监控是非法（illegal）的？庄德礼回答说知道的。但是老人没让庄德礼为难，说虽然是illegal，但他主要是看合不合理，是不是必要。他觉得为了防范入室盗窃，无人机可以飞。老人嘴里不停冒着一个词：Fight back（回击），说华人的做法很对。到现在为止，贼人没有入犹太人家里偷窃。为什么贼人不偷犹太人，就是因为犹太人会Fight back。老人让庄德礼拿回无人机。告别时，他再次说：Fight back。

当他拿回了无人机，心情无比愉悦。不只是因为拿回了巡逻队的眼睛，主要是为南懿做了一件事，献了一次殷勤。而且他有了一个理由，去上门送还无人机，见她一次。当他开车子接近"城堡"时，那生铁雕花大铁门自动为他打开了，车子进来后，铁门又缓缓地自动关上，一切都显得那么默契，不是铁门有智能，是南懿在"城堡"窗内目视着他，为他开门关门。有很多年了，庄德礼没有像今天这样心潮汹涌，作为一个成功的高科技人士，身边不断会有优秀女生对他示好，外遇机会很多。但他记住一句话：麻烦事的代价是来得便宜，去得昂贵。然而今天，当他进入"城堡"，那一条铁律完全被抛在脑后，甚至他还越过了一条更普遍的常识：兔子不吃窝边草。当他进入南懿的客厅，那种气氛是愉快的，也是暧昧的。那是下午，她儿子不在家。

"以前是从街上看你的'城堡'，猜想过内部结构会是怎么样。我经常会联想起莫扎特的家乡萨尔斯堡，在那个城堡的顶部石室，放着各种各样铁制的中世纪酷刑刑具。"庄德礼坐在客厅一张中式红木椅子上，端着一杯她为他冲的滇红茶。

"那你现在找到想象中的刑具了吗？莫非你坐的椅子下面有可以夹断腿骨的铁夹子吗？"南懿转过脸看着他，嘴角带着微笑。

"暂时还找不到。我只看到了一个挂满丝绸窗帘的客厅和满室的鲜花。你这房子里外都漂亮。"庄德礼说，他觉得和她说话是多么有趣。

"你知道吗？我们家买这个房子时，其实是犹豫了很长时间的。因为这个房子面对着两条大路，犯了中国人所谓的路冲。听说就算是西人，也不会喜欢这样的位置。"

"这些都只是说法而已。任何房子都有一些缺陷，看主要的方面好了。'城堡'是香榭坊的地标，风格独特，古色古香。你住着不是好好的吗？"

"之前是觉得好好的，但最近感觉心里慌慌的。这些窗口外面看起来像箭楼，但是在里面我时时觉得会有贼人进来。二十多年前我和老公在深圳开始创业，看到那些住宅楼外面都密密麻麻罩着不锈钢的安全网。我很不喜欢，觉得自己是被关在笼子里的动物。到了这边之后，看到所有房子的门窗都不设防，觉得很舒服。但是你知道吗？我最近很想把所有门窗再装上不锈钢防盗罩，只是听说这里政府不容许这么做。我去年回国的时候去过深圳，看到那些不锈钢的安全罩反而都不见了。"

"一个人住这么大的房子确实会有点害怕，尤其是女士。你先生有过来住吗？"

"他的心思都在国内的事业上。每年来一次，住一个月就会走。"

"你不必过于担心，咱们这个区治安一直都很好，最近的状况是反常的，也不会持久，会好起来的。"

"我也是这么想。其实我老公说要是觉得不安全，他可以在另一个很安全的西人更多的区再买一个房子。但是我还是不想搬家。我很喜欢我们这个区域，生活方便，华人超市和餐馆都不远，区内有峡谷和大树，房子漂亮得像童话世界。我搬来之前，前屋主意大利建筑家已把房屋交给儿子，自己到北边住了。他儿子没有工夫打理房子，杂草丛生，花木凋零。我花了好几年的时间，才把草地整好，遍植花卉，石料外墙和铁艺部件都细心维护。大家对我很好，都喜欢我这房子。自从有了邻里相望群，认识了不少人，更不想搬了。"

"你是群里重要的成员，真的不要搬。难以想象这'城堡'的主人不再是你，我会如何失望。"

"你经常来坐坐吧，随时都可以的。"南懿说，眼神意味深长。这一天什么也没发生，但实际上该发生的已经发生。

香榭坊巡逻队登上各种中文媒体热搜，英文传媒也都有报道。但是区域内的案件并没有减少下来。刘滢从麦克侦探那里获得内部消息，说南美职业偷窃联盟看中了这个地方，将在这里举行系列比赛，包括资格赛和锦标赛，接下来的日子会很麻烦。有一天，多伦多自媒体"超级生活"报道了一个新闻。说香榭坊社区有个武术教练，逮住了一个入室窃贼，他自己将窃贼绑了起来，等警察过来处置。李来仁是从美国搬来的，二十来年一直在士嘉堡开太极武术馆，每个学员一个月收三十加元，挣钱缓慢。他最终有了点积蓄，加上贷款买了香榭街的房子，是西林街豪宅区外围的红砖房。巡逻队成立的时候，他被封为巡逻队武术指导。他极其看重这个封号，像是林冲身为"八十万禁军教头"一样，总想为坊间做点好事。他每个晚上要离家到士嘉堡开馆授课，这天晚九点左右，巡逻队发出警报，说有一伙可疑人在花园街一带游走，沿街敲门。此时李来仁穿着汉服，正教弟子们咏春拳——《叶问》一片正在热映，学咏春拳的人多。李来仁本来专心教拳，没看群里的视频。但是正在值班的巡逻队员打电话过来，说窃贼正进入他家后院。他这才拿起手机看无人机在空中的现场直播：一棵长满花的树，还有屋顶，上面有一块补丁。毫无疑问，这是他家房子，补丁是去年大风刮破屋顶后修的。贼人按了他家前门门铃，没人反应，就从房子一侧进入后花园。李来仁见自家后院走动的几个贼人的红外线人影，不禁火从心上起，怒向胆边生。他对徒弟们说你们练自个儿的，我回家一下。有三个徒弟就跟着他出来，跳上了车，直往十几分钟路程的住家疾驶。他的车冲进自家的车道。贼人也有望风的，但已来不及报信。他冲进屋子时，有两个跳入后院跑了，还有一个正想跑，被李来仁一个扫堂腿放倒，加一顿暴揍，当场擒住，按在地上。屋子后门被硬生生地撬开，这樱花木的门半年前花了他一万多加元才换上的。屋内全被翻箱倒柜，锁住的被砸开，没锁住的被掀翻。他最关心的是自己还有两万加元现金放在一个镜框后边，现在镜框已经被翻下来，包钱的布袋在地上，钱不见了。这都是他收的学费现金，没向政府报税。他去问那个被徒弟控制在地上的盗贼，钱在哪里？贼人说不知道，搜了他身不见钱，应该是逃跑的同伙带走了。他马上给911打电话报警，但英语不好，半天都说不清情况。911警察通过中文翻译问他有没有人伤到，他说没有。警察说现在人手不够，一下子来不了，会尽快到来，但没有确切时间。李来仁苦苦等着警察。他不能把贼人放掉，要不然他那两万加元就没办法追回了。他不能老是让徒弟按着那家伙，就用绳子把他捆起来，绑在花园里的大树上。没料贼人大喊大叫，声音杀猪一样凄厉。有一家西人邻居听到了叫声，报了警。警察很快赶到，不是因为贼人入室盗窃，是因为李来仁私自拘禁贼人。

这件事马上成了多伦多的热门新闻。起初华人社会都很关心那个被抓的贼人如何被审理惩治，还有李来仁的钱怎么被追回。但几天下来，案件大反转，贼人被保释了，案件转向李来仁的私自拘禁、捆绑行为触犯了刑法。警察逮捕了李来仁，四十八小时后由家人缴付一万加元保释金才被放出来。李来仁气得吐血，还得准备一周后的出庭。多伦多华人社会组织了大规模游行，到市政府警察局门口喊了几天口号，摇了旗子，请了刑事大律师黎钧。最终李来仁的非法拘禁罪名成立，经黎钧大律师的雄辩才免于被起诉。他的武术馆执照被吊销，十年内不得从事格斗武力的行业。由此连带的后果是，在法庭审理中，法官发现香榭坊巡逻队使用了空中航拍无人机，自装了街道监控摄像镜头，还使用人脸识别技术。法官为此大怒，宣布这些行为侵犯他人的隐私权，严重犯法。香榭坊巡逻队被勒令立即解散。

　　香榭坊的"邻里相望"一度被媒体追捧为理想国的模式，一夜之间被彻底否定，就像一场荒诞剧一样。香榭坊居民并不在乎政府对他们的做法是否认可，只是关心区内的入室盗窃案会不会一下子猛增。由于李来仁揍了一顿贼人，贼人们开始报复，集中在这个区内作案，案件越来越多。现在华人中开始流行消极防范方式，比如家里有名贵包包的女主人传授经验，把名贵包包用黑色垃圾袋包好，扔在最不起眼的角落，以躲过贼人的搜刮。结果有一家粗心的男主人第二天把这些价值上万美金的"垃圾袋子"真的扔到了垃圾车里，被粉碎机打成碎片。巡逻队没有了，各家各户只能自行行动。一部分家庭开始考虑拥有枪支。事实上一部分人家里已经有枪支，还常去打靶。但加拿大的枪支管理非常严格，如果你对人使用枪支，到头来一定会吃上官司。尽管这样，"要不要买一支枪"还是成了香榭坊人们谈论最多的话题。

然而随着秋风吹起，加拿大的枫叶开始红了，风景显得那么优美，感恩节即将来临，收音机里开始出现有圣诞元素的歌曲。生活在继续，区内西人住户的社交派对频繁举行，每个周末从下午到深夜，音乐震耳欲聋，马路两旁停满车子。那段时间，庄德礼常和香榭坊巡逻队几个骨干成员私底下讨论未来的计划。目前任何实际行动都受到限制，迫使他们的计划充满幻想性甚至科幻性。那时玛格丽特·阿特伍德的网剧《使女的故事》正在播放，他们从剧中反人类的力量联想到：未来入室盗窃联盟会不会成为有军队有警察的政权？近年流行的电影和连续剧《饥饿游戏》《分歧者·异类觉醒》《鱿鱼游戏》等反乌托邦的片子都倾向于未来的世界会越来越军事化，由极端组织控制着社会。这使得庄德礼开始思考华人社区未来的发展方向。冯建德还在卖力推行他的那套高家庄地道战理想国。巡逻队解散之后，冯建德经常会用《地道战》的一句台词鼓舞士气："各小组注意，各小组注意。你们各自为战，打一枪换一个地方。"有时候，他会放电影里的片段，各家各户地道连成一片，武工队员通过地道从村里人家炕头钻出来，又从灶眼口转移到高粱地。冯建德最近又有了新的话题。他刚刚承包了一项为贝尔公司埋设地下光纤的工程。他说贝尔公司新建的地下光纤系统具有物理可能性，作为一种现代的量子地道，人的意志可以在地道里穿梭，甚至可以战斗。他说贝尔公司埋设地下光纤使用了一种智能机器，这机器就像一条蚯蚓，能在地下三米处自行挖掘前行，精确到达每个转换站。他说自己还看见了关键的一步，贝尔公司的工程师会鬼鬼祟祟地在每个基站盒子上布一种图形多维码。他还不知道这种码的作用，正在企图解开这个密码，也许邻里群成员未来就可以在地下光纤网络里穿梭呢。

在香榭坊华人情绪最为低落的时刻，南懿主动提出在她家开一场音乐会，这让心灰意冷的邻里再次兴奋起来。"城堡"的塔楼上挂起彩色灯饰，请来的专业乐队除了标配的摇滚乐器，还带了一架大型的竖琴和一部手风琴。一部大卡车提前一天就过来，把大功率高保真的音响设备安置在"城堡"每一个角落。在主舞台的一边有个大型投影屏幕供冯建德独家使用，他把《地道战》里的插曲都选了出来播放，背景配上了原版影片的片段。毫无疑问，香榭坊区内的屋主人大部分生于二十世纪五六十年代，他们熟悉的还是那个年代的歌。在这个冲破沉闷的音乐会上，他们一直唱着旧歌，边唱边舞，最高潮的时候，一个歌手用摇滚乐的尖叫方式唱起了《国际歌》，马上把气氛点燃了，借着酒精的力量，几乎所有的人都挤到台下随着歌声跳舞。之前他们在国内庄严的场合中无数次唱过这首歌，可是从来没有想到伴着这首歌还可以跳摇滚舞，而且跳得嗨翻了天。这个时候，庄德礼一直在距离南懿不远的地方，人那么多，无法和她有亲密的表示。但是，庄德礼知道南懿虽然没和他说话，肢体语言显出她在关切他，他们心有灵犀。当人们都被摇滚《国际歌》吸引过去跳舞的时候，庄德礼看到南懿进了屋子。他从另一道门也进了屋子，南懿站在那里看着他。他略有点慌乱，问洗手间在哪里。南懿转身朝左进入带几级台阶的通道，按了一个开关，那扇墙壁就分开来。她和庄德礼进来之后，墙壁就合上了。一切都已水到渠成，他们开始接吻，拥抱，在一张大沙发上除去衣物。不只是性爱，庄德礼内心有一种强烈的情爱在汹涌。在他们做爱的时候，楼上舞台的摇滚乐在轰轰隆隆响着。乐曲终了，他们也已经穿戴完毕，南懿对着镜子理理头发，示意庄德礼先出去，之后她笑容满面出现在会场的人群中。

音乐会后不久的一个晚上，庄德礼有点神不守舍，想着南懿。在和她有过那一次之后，他总有点心神不宁。现在他不能出来巡逻，找不到理由外出去见她，他不能有不正常行为引起妻子的怀疑。这时他听到窗外天空有一阵巨大轰鸣声传来，是直升机。直升机平时只有白天会出现，而且飞行高度很高，快速穿过而已。可今天的声音却特别响，连桌上的水杯都被震动了。好不容易巨大的声音过去了，可不到五分钟，同一个声音又在屋外天空出现，而且这一回声音更响。庄德礼突然看见外面的路面亮如白昼，是直升机打开了探照灯在地面搜寻目标。紧接着他听到了皮尔森街和埃德加街有警车不停鸣起警报，转着圈子，还有警犬在凶猛地吼叫。他打开窗，看到高处有一架直升机悬在空中，更高处还有另一架直升机在警戒，明摆着是在追踪搜捕目标。他打开了邻里相望群。很多人在说话，及时报告直升机搜捕现场的情况。孔蒙申说看到十几个警察拿着长枪在地面巡捕，还有警犬沿着路边搜寻。刘滢说已经发信给警察询问情况，是给那个帅哥侦探麦克，还没回复。很快孔蒙申说自己看到警察进了他家隔壁的后院，有逃犯正越过栅栏，警察在追，上面的直升机一直在照射着。刘滢发布了最新消息，说是西林街150号那座大宅主人的儿子是国会议员，窃贼偷了他的房子，触动特别警报，所以会有大批警察出动追捕。庄德礼立即就相信了这个说法，因为从孔蒙申说的被追捕者越过他家邻居栅栏的位置来看，非常接近那个犹太老人的房子。他没有想到老人的儿子是国会议员，只知道他的身份肯定不一般。这时群里有人说可以看电视新闻，有现场直播。庄德礼打开了电视。CP13频道正在直播。他之前住的地方和电视台不远，一条路的名字叫"13频道"路，里面有一个建筑群，有密集的卫星天线。这个台最厉害的本事就是做现场直播，频道的记者就是一群秃鹫，哪里有血腥气就会飞到哪里布下设备。记者已经连上了直升机空中镜头，频道有自己的直升机。画面上能看到两个盗贼对地形很熟，在西林街房子的后院之间躲藏逃跑，翻过一座座不高的木栅栏或者铁栅栏。有的后院之间没有隔栅连在一起，像足球场那么大，画面上一个窃贼直奔向前，像马拉多纳重演当年那记单刀球一样。警察在外面的马路上追，利用自动追踪摄影机锁定目标，没有让盗贼脱离监视。庄德礼看见一个盗贼越过了带雕塑的房子，越过了带铜马、喷泉的房子，又越过了带保龄球馆的房子，一路狂奔。警车在集聚，不停地发出短促警报，大批警员下了车，手里拿的全是长枪而不是手枪，把马路都守住了。警察守在路的尽头，判断盗贼到了西林街和丹霍姆街交叉口最后一座房子，就要跳出住家后院过马路，正好可以逮住。然而，意想不到的事情发生了，窃贼越过高墙，转身跳入了"城堡"的院子。庄德礼看着贼人进入"城堡"的铁墙内部，心头一紧，南懿今天一个人在家，儿子到几百里外的滑铁卢大学读书了。

警察一看贼人进了"城堡"院子，马上将其包围了。"城堡"屋子外面有好几个门洞，没有门，里面由石头的回廊连接，只有石洞里面才有门，因此盗贼很容易在石墙内躲藏，警察无法射击到他。警察一步步包围过来了，到接近贼人藏身的死角时，发现他已经用锤子敲破了门玻璃，伸手把门打开，进到屋里，把门反锁了。在夜空盘旋的直播记者说：窃贼进入屋子劫持了屋主人，要求警察让他安全离开加拿大回到哥伦比亚。庄德礼一听这消息心如刀绞，这下可如何是好？就在这个时刻，电视直播居然插入了广告，推销的是中国华为手机。前些日庄德礼看过这款华为手机系列广告，华为加拿大代理商用了欧美顶级的模特、极富想象力的画面，短期内让大批加拿大青年人放弃苹果改用华为。在南懿被劫持之际电视台居然插播这广告，气得他想把电视机砸了。他坐不住了，他有南懿的手机号码，说好平时不用紧急时刻用。现在正是紧急时刻，他拨通了号码，对面马上有人接。不是南懿，是警察介入她的电话。庄德礼的电话被警察拦截，询问他是什么人。他说了自己是她的邻居和好朋友，问警察现在她的情况怎么样。警察说没有消息可以告诉他，请他不要再打这个电话号码，以免影响营救人质行动。

庄德礼知道情况严重，南懿一定出事了，否则她的手机通信不会被警察拦截。她就在不到一公里的地方，在"城堡"里，在贼人刀枪之下。潜意识中萨尔斯堡的铁制酷刑刑具占据他心间。他现在最想的是和南懿取得联系，得接近她，而不是被动地从会冷酷插播广告的CP13频道现场直播中看到她受难。他启动了自己那台处理功能强大的电脑，他要找到警察在现场的指挥系统的路径，他知道警察有专门设备监控现场情况，那样就可以看到南懿的实况。他曾经多次侵入警察局网络，解开那些系统防护体系对他来说轻而易举。但是这一回他想进入解救人质现场指挥系统，却遇到了完全不一样的路径。这是一种仿生的三维数据通道，他必须戴上VR全息头盔式眼镜。在眼睛适应了焦距之后，他发现自己处于一个地道迷宫一样的环境中，路径狭窄，很多出口入口。这是一个光纤的通道，之前他从没接触过。他想起冯建德说的贝尔公司在香榭街区埋设光纤电缆的事，看来警察正是利用了这套光纤系统，警方是贝尔公司的合作者。庄德礼原来无所不能的解锁工具这回到处碰壁，找不到入口路径。

在邻里相望群里，冯建德还在喊话：各小组注意，各小组注意，烟是有毒的，不能放进一丝一缕，水是宝贵的，要让它流回原处。庄德礼骂了他一句：FUCK YOU，但是立即和他微信私聊。

"哥们儿，我需要你的帮助。我已经进入警察解救人质的监控系统，想到达'城堡'现场，但是发现警察已经用上贝尔公司的地下光纤电缆系统。那个通道极像你描述的数据量子地道。我无法解开那一组密码。我记得你说起过埋电缆时贝尔的工程师在基站盒子上布一种图形多维码，你知道里面的关系吗？"

"你是不是想去解救南懿？"冯建德说。看来他早就看出他和南懿的关系。

"我必须尽快到她身边。"庄德礼说，就算被冯建德八卦出去也不顾了。

"兄弟，只有掌握线路上每个基站的图形多维码，你才可以进入光纤系统里。"

"你有没有这套图形多维码？你一定有的，上回你提到过。"

"我后来是收齐了这套密码。但是我要是把这套多维码透露出来，是严重违反我和贝尔公司的工程合同的，会被撤销资格，面临巨额赔偿，最后还得吃官司。"

"你他妈还高传宝武工队呢，这么自私，见死不救。你不知道南懿正被劫持，随时都可能丧命？"庄德礼突然失去控制，破口大骂起来。

冯建德没有回复庄德礼的臭骂。静默三十几秒后，一幅幅图形多维码从微信里陆续送来，一共有八幅。庄德礼对着屏幕作了几个揖，冯建德这家伙是好人。他再次戴上全息头盔式眼镜，把八幅图形码贴到对应的位置上。蜂鸣声想起，他开始向前移动，短暂时间内完全失去意识，就像几个月之前做的一次全麻手术一样。等他恢复意识之后，才觉得刚才自己在飞速移动，穿梭在星球时间之外。现在他完全清醒了，发现自己真在一个地道一样的环境里，狭窄而平滑。这个通道和《地道战》里的地道不同，有点像亳州城里的曹操的地下运兵道。那年他在亳州旅游，导游说有心理强迫症的人别下去，狭窄的通道会让人产生窒息的幻觉。接下来他像是在一个巨兽体内的肠道里前行，有一种绿色的光在指引着他，更像是肠道蠕动推着他向前。突然间，肠壁变得薄了，挤压他向前的力没了。肠壁像气球皮一样越来越薄，直至能清晰看见肠壁外的情景。原来他已经到了"城堡"里面，透明肠壁外正是窃贼劫持南懿的现场。他一时间忘了自己的所在，怕贼人看到自己。但他触摸不到肠壁，也发不出声音，显然屋里的人根本没有感知到他，他只是一种电子微粒，一种暗物质，一种磁场。

现在他清晰地看到了南懿白皙的脸。那年初见她时，他并没有觉得她很漂亮。对她的美的认识好像是暗室显影液中的照片，渐渐显现出来的。这个显现过程持续了好几年，而现在，显现停止，另一种状态开始。她被劫匪的手臂卡住脖子，惊吓中显出镇定，在和劫匪说着什么话。劫匪手里有一把手枪，像中国的五四手枪，顶着她脑门。劫匪嘴角冒着白沫，对着外面包围的警察说话，声音高清，是西班牙语。劫持已经有段时间了，劫匪嘴唇干裂，显出倦态。庄德礼看着南懿，还能随着意念调整放大焦距。系统采用夜视成像，画面基本是黑白的，这让他看着南懿的时候有种不真实感，像是在看一部久远的电影。她像《卡萨布兰卡》中的英格丽·褒曼，面对着德国军官，眼神里流露出一丝恐惧；她也有点像《宁死不屈》里的女游击队员米拉，神情坚毅又坚定。在这之前的现实生活里，他其实还没有真正仔细看过她的脸。此刻他凝视着她，发现自己内心对她的爱意有那么地深。他爱她，愿意为她献身，愿意扑过去夺过劫匪手里的枪，却隔着无法逾越的维度。且慢！他有新的发现，他觉得南懿的眼神变得奇怪，好像是发觉到了他的存在。她的视线转向他，紧紧盯住他所处的位置，寻找着。一霎间，庄德礼发现南懿的眼睛在和自己对视！就在这时，他看见南懿猛地摇动了一下，控制她的劫匪脑门中心突然出现一个小洞，紧接着才是一声枪响。劫匪的眼睛一下子瞪很大，脑门上的洞里流出了血，手臂从南懿脖子上垂了下来，手枪掉落地上。然后就见好几个警察出现，把南懿从劫匪的手中分开，很快满屋子都是警察。他明白警察已经用狙击枪打死了劫匪，南懿安全了。现在他得从地道里退回去，就像钻洞的小鼹鼠，得把每个地方的数据痕迹抹掉，不让对方的服务器追踪到他。当他终于退出程序，摘下VR全息头盔，觉得刚才经历的一幕是那么逼真，完全像真的一样。

从警察包围"城堡"宣布人质被劫持开始，CP13现场转播的画面一直固定在"城堡"的铁门上，偶尔看到画面有点抖动，是风吹过来摇动了摄像头。警察没有更新解救人质的信息。到半夜三点钟，直播画面突然热闹起来，有枪声响起，之后有大批的人员冲进"城堡"，有救护车过来，屋内有担架抬出。看直播的邻居们知道一定是发生什么事情了,警察在采取行动。那担架抬出的是什么人?是劫匪吗?会不会是南懿?邻居们急得想跑出家门到"城堡"去看个究竟,可街上都是警察,示意居民马上回到屋内。终于到了天亮,约克区警察总长召开了直播新闻发布会,宣布劫匪在劫持中一直用手枪顶着被劫持的女屋主,警察在和他谈判了三个小时之后,借助给他送水的机会,让狙击手一枪击中他脑门,当场击毙。女屋主没有受身体伤害,但精神受到严重创伤,已被转移到另一个城市的医院疗伤。

　　警方击毙劫持的罪犯之后,顺藤摸瓜抓获了一百多个职业窃贼,彻底瓦解了盗窃集团,并一改之前的宽容,把这批人永久驱逐出境。这一次行动非常有效,从那之后,入室盗窃案销声匿迹。香榭坊的华人们松了一口气,开始了正常的生活。一年之后,屋门口那些"邻里相望"的牌子都被拆了,后来几次活动都是野外登山郊游联谊。香榭坊回到了岁月静好状态,房价又一次开始飙升。只有庄德礼感觉一切都改变了。"城堡"的女主人从那一次被解救出来后就没有再回来。几个月之后,有几辆搬家公司的大货车来搬过家,腾空了房子。之后便有地产经纪商插起了房产出售的牌子。整整一年过去,这座房子没有人买,因为都知道这个屋子里击毙过一个人,发生过劫持事件。这种凶宅,多伦多有好多处,几十年卖不出是正常的事,除非某一天出现一个外星人一样的买家。

庄德礼再也没有联系到南懿。听刘滢说,出事之后,她老公就带南懿回国了,没让她再回多伦多,他儿子也去了美国读书。关于南懿的最后消息他是在《多伦多星报》上看到的。这报纸的一位白人女记者独家采访了刚被解救出来的南懿,她的精神状态很不稳定,一直在哭泣。她说到在被解救之前的一分钟,看到了一个头戴中世纪骑士头盔的人出现在屋内,她相信他是来救她的。之后劫匪就中枪死去,她得救了。报纸的女记者引用了她这段话,指出这是心理创伤造成的梦魇。在所有看过这篇专访的读者中,只有庄德礼知道南懿说的是什么,这证实了他在贝尔光纤数码通道内和南懿的对视真的发生过,他戴的VR全息头盔带着青铜时代的风格。当他看到这段话时,浑身战栗。之后,又掩面而泣。

几年过去,庄德礼每回经过"城堡"时,看到铁墙内疯长的草木,夜间点着一盏孤灯,心里都有一种无法言说的难过。他内心废墟的暗火被南懿点燃之后,还在燃烧,无法熄灭。

2023年4月25日

蜘蛛巢

卢桂民是W城汽车西站客车驾驶员。他是全国劳动模范，五一劳动奖章获得者，百万公里安全驾驶员。他爱车如命，大冬天里也会只穿件汗衫打水擦洗车子内外，浑身冒汗不怕冷。他几乎没有缺过勤，上班就像是太阳和月亮每天要升起来。车队的人说什么事情不可能，就拿卢桂民不上班打比喻。但是一九八四年六月中旬他一连两天请假了。车队调度把他的出勤牌拿了下来，找了别的驾驶员顶他开杭州班次。

卢桂民请假不是因为生病，也不是家里有喜丧事。他根本不生病，身体好得像一台新发动机，喜丧事也不会让他停班，除非死了亲爹娘，可亲爹娘在他幼年时就已经死了。他是一九五八年那批培训出来的客车驾驶员，这批人后来被称为"五八师傅"。那时会开车的人少，能开客车的简直和现在的民航飞行员一样光荣。当年全国各行各业涌现出很多受人尊敬的劳动模范，比如北京掏粪工人时传祥，天津"燕子突击队长"邢燕子。卢桂民也被树成标兵。今天，标兵卢师傅遇到麻烦事了。

那是三天前的半夜两点钟，他再睡一个小时就要起床到西站准备出车了。有人敲门，是女婿志敏，开门就闻到浓重酒气。志敏问：晓燕在不在这里？卢桂民说：没有啊，怎么回事？志敏说昨晚他八点开车从江西拉水泥回来，回到家里不见晓燕。志敏独自坐在那里生闷气，喝闷酒，一根接一根抽着香烟。最近以来晓燕变了一个人，心思都不在家里，他出车回来屋里经常空荡荡的，很晚她才回来。志敏以为今天也是这样，晚一点她会回来的，可过了十二点还没见她影子。志敏开始担心，就来晓燕娘家寻找。卢师傅几个小时后就要出车，无法请假。那天是开衢州班车，要第二天才能返回。这一路上他真是心乱如麻又归心似箭，差点出了事故，把百万公里安全驾驶员的称号丢了。他回到家之后，志敏说晓燕还是没有回家，但有线索，有人看到她在小南门头出现过。他对女婿说，他会把晓燕找回来，让他不要过于担心。

在接下来的时间里，卢师傅漫游在城里的东南西北街头巷尾。三十年前他就是这样行走在城里，有时候是一个人，有时候是一群人。他是东门班的头领，打平了整个W城，赌博、打架、向江河里船家要保护钱都干过。照这样下去，他会进班房的，但是他被国家招工了，培养成了客车驾驶员。这事彻底改变了他的命运，他成了模范，光环照身。他把几十年的时间完全献给了职业，再也没有和他的弟兄们在街头漫步寻衅。但是有一条他做到了，凡是当年的弟兄要他买张车票，搭个便车，到金华买点价格比本地便宜很多的鸡蛋、猪肉、番鸭的事情，他都会一件件做好。他现在再次回到了街头，虽然城市发生了很大变化，有了几条新的大路，好几条河道被填平了，但每个地方都还有接应的人。他当年带领的那些人就像植物一样还长在黑夜里，超越了时间，除了几个早死的，都还没老去。

　　他现在的唯一线索是有人在小南门一带见过她女儿。那个见过她的人说，个把星期前他在小南门河码头边那个饮食店里吃面的时候，看见了晓燕和一群人在店里吃饭，有男有女，还喝老酒。卢师傅当天下午来到小南门河码头饮食店。他熟悉这个店，三十年前他经常在这里吃东西。他远远就看见了招牌：小南门饮食店。他在这里吃东西的时候，这个店的招牌上还写着"公私合营"几个字，"文革"期间店名字改成过"红星饮食店"，后来又改了回来。店面不大,除了前面的馒头玻璃橱,一个烤烧饼的大炉子,里面只有三四张桌子。他很习惯地就坐到了靠着后门的那一张桌子,这是一张方桌,没有上过油漆,外面套着一圈四方的长凳子,和过去几乎一模一样。他一眼看到了墙上被油烟熏得模糊的饭菜价目表。米饭,光面,肉丝面,馄饨。之前米饭和面食都标着要粮票,现在不要了。菜肴花样都和过去一样:凉拌茭白、炒三丁、家常豆腐等,白切肉是最好的了。他慢慢想起了原来这里有个做烧饼的老司炉。卢师傅现在是沉得住气的人,先不着急打听。他要了一碗黄酒,一盘拌茭白,一盘白切肉。他没食欲,是想先消费点钱博得店里人的信任。之后,在一个身体肥胖行走缓慢的端菜妇女过来时,他说:

"大妹子,向你打听一个人,我记得这店里过去有个做烧饼的师傅,叫三豹老司,现在还在吗?"

"那是我爸爸,二十年前就死掉了,我顶替了他的工作。你怎么认识他的?"胖妇女一边转头看了他一下,一边清理别的顾客吃完的盘碗筷子,用一块滴着油污的布抹了抹桌子。

"我以前经常在这个店里吃饭,和你爸爸熟,还记得他常常带着七八岁的女儿到店里,是扎着小辫子的,应该就是你吧?"

"那肯定是我,爸爸只有我一个女儿。那时我一点不胖吧?"

"当然，你很苗条，那时我们都吃不饱饭，当然不会胖的。"

"我在这里端盘子二十多年了，都没见过你。你怎么都不来呢？"

"我这三十年来一直在开客车，没有请过一天假，所以都没有到这里来。再说，我们开车常在外面过夜，在家里吃饭时间不多，所以也不会出来吃东西。"

"你就是开车的师傅啊。我父亲常说起自己认识一个开车的师傅。我坐月子那回，他托开车的师傅去金华买了一只番鸭回来。那时钱少，金华带来的鸭子比本地便宜多了。那开车师傅会不会是你啊？"

"大概是的吧，我也想不起来了。大妹子，既然你是三豹老司的女儿，我就实话实说了。我在找我的女儿，有人说看见过她和一群人在这里吃过饭，不知你见过她没有？这是她的照片。"卢桂民说。他带着一张女儿的照片。

"见过见过，之前她经常和阿七一群人在这里吃喝的。他们有时会赊账，账都还记在墙上面呢。"胖女人指了指油腻的墙，上面刻着一些记号。卢桂民突然想起来，三十年前他也经常赊账，那个三豹老司也是把记号刻在那面墙上的。

"这阿七是个什么人？"

"是个走卒，赖沧客，无赖骨，没职业的。"胖女人说。

"那这个女的见过吗？"卢师傅拿出了另一张照片，照片上是晓燕和一个女子的合影。志敏告诉他近来晓燕和一个叫阿琼的女子交往密切，家里有很多她和阿琼的照片。他怀疑是阿琼把晓燕带出来的。卢桂民要了一张晓燕和阿琼的照片带在身边。

"这个也见过，她样子像苏联人。"胖女人说。店里其他人也过来看，议论起来，说这个女的照相不如真人好看，她真人的皮肤像奶油一样白，照片看不出来。至此，卢师傅确信晓燕真的跟阿琼在一起。店里人说出阿琼像苏联人，让卢师傅确信他们的确见过阿琼。这个阿琼在运输总段汽车配件材料库工作，他修车领材料时见过她几次。她的皮肤很白，头发是棕黄的，眼睛也发黄。听说她是军分区的子弟，父母是北方来的。

"我女儿这几天有来过吗？"

"没有了。大概一个礼拜前就没来了。阿七在这里吃喝老是赊账，欠的钱越来越多，总说明天还。后来这里不赊账了，他就消失了，再也没来。账都还记在墙上。"

"欠了多少钱？"卢师傅问。他觉得女儿跟着阿七在这里吃饭，那赊账里也有她欠的一份。他望着那面墙，那上面曾有过他赊账的刻痕，他突然觉得有点不确定，自己赊的账是不是都还清了？三十年后女儿怎么会在这面墙上重复他的行径呢？

"三十多块吧，出纳，看看多少钱。"胖女人问店里管钱的人，最后的准确数字是三十八块四毛三。当时人们的月工资只有三四十块，这是一笔不小的钱。

"这欠的钱你把它消掉，我现在还清。"卢师傅从口袋里掏出钱夹子。他的工资高，开车还有里程补贴，每月收入有一百多元，相当于高级干部的工资。他最不喜欢欠人家的钱，虽然这钱不是他女儿欠的，但毕竟和她有关。他不能接受女儿身上有不光彩的事，所以把钱还清了。店里的人都过意不去，说这钱不能让他还。他请店里人要是再看到他女儿，就告诉她早点回家，他在找她呢。

卢师傅接下来要去寻找阿琼。

志敏说大概一个月前，他出车回来，看见晓燕的脸还红红的，显得很兴奋，说今天阿琼来家里玩过了。晓燕说早几天总段财务科的人托她买两张去上海的高靠空调车票，来取票的就是阿琼。她早就听说过阿琼的名字，她是公司里的美女，样子像苏联人，以前都穿着一身军衣，她父亲是军分区的。阿琼对她说自己要陪老公去上海。她老公早已经去了意大利，这次回来探亲，现在要从上海坐飞机到香港，再转机到罗马。她说自己早晚也会去意大利，老公已经在给她办手续，但是这个等待时间会很长，也许等几年，也许永远等不到。志敏因为晓燕没什么朋友，总是待在家里，还为她结识阿琼感到高兴。从那之后，他发现晓燕开始变化，经常外出。她再没有提阿琼的名字，也没说自己在外面玩了什么，但他知道她和阿琼在一起。

卢桂民到了运输总段材料库。很多人认识他，一路有人和他打招呼，他没心思交谈，只是敷衍着，他要找材料库的主任。

"哎呀，卢师傅，你今天怎么来了？难得难得。"材料库主任老叶赶紧起身迎接。

"叶主任，我一般事不会找领导，真是惭愧啊，家有丑事，只好找组织上帮助解决。"

"这就对了，你慢慢说话，喝口茶先。"老叶给卢师傅泡了一杯茶。

"我女儿离家出走了。三天三夜都没回来。我女儿从小就是个乖孩子，之前是很恋家的，结婚后日子过得好好的，我老伴给她带儿子。我女婿告诉我，他开车在外，她晚上一步不出门，家里收拾得很干净。每回他回到家里，饭菜都准备得热乎乎的。可就在不久前，她认识了你们发动机仓库的阿琼，关系变得火热。后来，我女婿开车回家经常发现她外出了。三天前，我女婿志敏从江西拉水泥回来，晚上只见家里空空的，没有一个人，半夜还不见她回来，只好到我家找人。我这才知道这事。"

"你说的阿琼全名叫李翔琼。我刚刚才知道李翔琼有三天没来上班了，她班组里的人在给她打掩护，相互调班给她顶岗位。由于三天还没回来，班组长有点心虚，刚来报告过。说最近有好几个陌生的男人来仓库找她，样子很凶。你这么一说就对上情况了。"老叶说。

"我要马上找到阿琼，你有什么线索吗？"

"我也不知道她在哪里。要不你到她家里找找？我听说她是跟公公婆婆住在一起的。是电业局宿舍。"叶主任说。他打了个电话给班组长，打听到阿琼住的电业局宿舍楼单元号码，是一楼109。

当天下午，卢师傅就摸到了荷花路电业局宿舍附近，这里离南站不远，他从龙泉巷穿过去，就到了那地方。开门的是李翔琼的婆婆。她开了半扇门，看见一个红鼻子半秃头的老男人找李翔琼，眼光中立即出现了敌意和怒气，随时准备用力把门关上。卢师傅把手搭在门扇上，他小时候练举石锁，后来几十年把着客车的大方向盘，有时还要拆大轮胎，手臂力量像变形金刚一样，阿琼婆婆想关门也无法把门关上。

"你想干什么？找她干什么？"阿琼婆婆说。

"敲门吵你真是难为情啊，实在是没办法了才来打搅你。我女儿有三天没有回家了，你知道我是驾驶员，我女婿也是驾驶员，我女儿也是吃汽车饭的。女儿三天不回家，我的日子全乱了，只得到处去找。我听说我女儿最近和阿琼来往密切，有人看见过她们在一起。我到阿琼的单位材料库找过，想通过她找到女儿，材料库说阿琼几天没上班了。我无路可走，只得到这里试一试，不知能否让我见一下阿琼，问问我女儿的情况？"

"我好像在哪里见过你。对了，你是劳模卢师傅，我在报纸上看过你的照片，读过你的事迹，你还上过北京国庆节观礼台呢。"阿琼婆婆说。她看起来像个企业干部，可能是电业局里的科长，知道一些事情。

"惭愧惭愧，本人正是。"卢师傅脸上堆起了笑容，鼻尖冒汗，鼻子显得更红了。

阿琼婆婆一旦明白过来卢师傅的身份，知道是个可以倾诉的对象，她的怒气就喷发出来。

"她有很多天没有回家了。我正在考虑是否向公安局报案。她真是个害人精，我儿子讨了这样的女人真是倒了八辈子的霉。他在意大利打苦工，每天打工十几个钟头，存钱想把她和儿子带到意大利，可她却在这里过着淫荡的日子。自从我儿子这次探亲之后，答应把她带到意大利，她就更无法无天，越来越不像话。之前还回来过夜，但都是后半夜。我每天夜里都会睁着眼睛等着，手里拿着笔记本记下她回家的时间，以后作证据告诉我儿子。我有时等不到她回来就睡着了，被她开门声吵醒。我真想起来和她吵架，只是顾着在意大利的儿子的面子，只好忍着，吵起来隔壁邻居听了会笑话。我知道她半夜三更在外面一定是干坏事，有人告诉我在舞厅看见过她。我觉得她肯定在干比跳舞更坏的事情。半夜里她回到家，第一件事情就是到卫生间里洗澡，水龙头轰轰响着，要洗很久。我知道她在洗什么，肯定是她的身体不洁，带着在外面鬼混的气味，怕被人闻出来，所以第一件事情是要洗身体。"

卢桂民在阿琼婆婆滚雷一样的愤怒倾诉中没有找到自己想要知道的晓燕的下落，但还是明确了几件事情，在他的拼图中多了几块有价值的板块。他至少知道了志敏说的阿琼和晓燕第一次见面是为了买车票送老公去意大利的事是真的。还有，阿琼半夜回来满身污秽先要洗澡，婆婆说她除了在舞厅跳舞，更暗示她在和男人鬼混，那么晓燕很可能会和她一样。阿琼婆婆起先像条怒气冲冲鼓起肚子的河豚，满是刺，现在把气放掉了之后，变成了一个正常的女性，变回了一个企业女干部，有礼貌而客气了，但显得冷冰冰的。卢师傅告辞了。

从这里出来，卢师傅要经过龙泉巷的运输段宿舍大院，里面住的全是驾驶员、修理工和其他辅助人员，女儿家就在大院里。卢师傅决定进来看看。这是一个很大的杂院，里面有许多简易的平房，也有几座二十世纪六七十年代盖的宿舍楼。院内空地很大，湿漉漉长着苔藓，基本没有树，就几个地方长着稀稀拉拉的几行冬青，还有几株白栀子花。住户的面积都很小，所以把空间都延伸到户外。这个时候是夏天傍晚，很多住户在室外摆着桌子吃晚餐。有男人在铁皮盆边洗澡，光着上身，解开肥大短裤的裤带往裆部擦肥皂，边上的妇女和孩子不紧不慢喝着稀饭吃馒头。院内有一个公用水龙头，好些人拎着铁皮做的水桶在排队等着接水。卢师傅经过青砖铺的小径一边往里走，一边和打招呼的熟人应付。一个月之前，阿琼就是这样经过众多人的目光注视走进晓燕住的房子。这是一排建于二十世纪五十年代的简易房子，上下两层，晓燕家在东边第一间。屋子外面陈旧，里面装修倒是很新的，家具不错，除了"三大件"，还有一张刚开始流行的沙发，一部十九寸的彩色电视机，还有一部录像机。这是当时最好的家用电器，台湾走私货，是志敏从福建石狮带回来的。

卢师傅在进门之前，存在一个幻想，也许一进门就会看到晓燕在屋里洗地板。但是没有。志敏在家里，桌子上烟缸里插满烟头，像淋豆芽一样。看到老丈人进来，志敏起身迎接，冲茶。

"有什么线索吗？"志敏问。

"有一些进展，但还需要点时间。"卢桂民说。

"你说她为什么要这样，不知我做错什么事没有？"志敏说。

"没有，你没有错。是晓燕的错。人的一生总要犯一次大错，我以前也犯过。我看这样，你还是出车去吧，闷在家里不好。我已经在社会上铺开了网，会把晓燕找回来的。"卢桂民说。他坚定了决心自己去把女儿找回来，不要让志敏去找。他知道晓燕在外面做的事情是一个做丈夫的接受不了的，志敏对她的行为了解越多，那么留下的裂痕就会越大，今后的关系就会越难以复合。

"那好吧，队里最近要到玉环拉鱼粉，任务重，我明天就先出车了。"志敏说。

"好，你要注意安全。"卢桂民说。

从这里出来不久，天就开始黑了下去。卢桂民今夜要在城里每个晓燕可能出现的地方守候，他要在志敏出车回来之前，把晓燕带回家里。人民路靠近南站一带的路口有一大排建筑拆了，正有巨大的高楼建了一半，之前他熟悉的小南门塘河被挡在了后边。为防万一，他在袖管里藏了一把铁尺，那是他爷爷留给他的。爷爷清末时是码头一带有名的"十三班"班头，垄断了码头的装卸，这生意离不开打架。当他天黑后在城里行走的时候，他所经的路边有一些东西在苏醒。那是他当年留下来的印迹，在他不再来之后变干涸了。现在他一经过这里，就像是有魔法的雨水在上面喷了一下，那些印迹都活了起来，像一群小精灵跟随着他脚步跑。最初消息是由在东门头菜市场里守夜的阿金传开的，说桂民正在城里行走，寻找女儿。消息像过去大百货公司商店传递账单，在绳索或滑道里滑动，迅速传遍了各个角落。这些夜间才生机勃勃的人暗中都还在追随卢桂民，把他当成精神领袖。

卢桂民决定用简单的办法，自己去寻找女儿。他曾经想过找公安帮助，凭着他是全国劳模，公安局一定会很重视，出动警力寻找晓燕。但是他知道这样做副作用很大，如成为一个案件，以后晓燕和志敏都做不得人了。最好的办法还是自己悄悄把女儿找回来。他一个人力量不够，得靠当年的弟兄们。他把女儿的照片多洗了几张，让阿金发给城里每个角落的老友，如见到照片里的女子就打传呼给他。他刚刚去邮电局买了一个传呼机，花了两千块钱，这一块豆腐干大小的东西竟然和一台冰箱一样贵。

现在他回到了东门张桥头一带。这是他父母老屋所在地，他就是在这一带长大的。张桥头一带的位置很特殊，那里有一条小河通到瓯江中，一头连到杨府山那边的上陡门，是城里古代留下的重要水利调节枢纽。这河道沿岸建了两三层高的房子，延伸了几条街，他的家就在其中。张桥头另一边是海坦山，最早建有英国领事馆别墅，后来成了海员俱乐部。沿着行前街再走下去，就是江边码头，停泊着大轮船。东门张桥头最热闹的地方就在桥边，有很多夜市摊贩。靠着海坦山的这边有一个舞厅，卢师傅就是冲着舞厅来的。今天阿琼婆婆说有人在东门张桥头舞厅看见阿琼，他觉得有可能晓燕会在这里出现。

卢师傅到了这里，在舞厅的门口站着，看着一群群年轻人往里面走，偶尔还有个把看起来不正经的年纪不小的男人，头发擦了油，颈上还戴着金项链。他看了看卖票的窗口，票价三十元。这个时候有人冲他吼：

"走开，这里不是看热闹的地方。"

卢桂民一看，是一个头上戴着大盖帽、手里拿着条木棍的保安。保安那个时候才出现，当地人给他们取了外号叫"埕头泥"。本地西山老酒酒埕上面有一层掺入砻糠的泥巴封盖，反过来就像个大盖帽。本地保安大部分是外地来的农民工，现在戴上了和警察一样的"埕头泥"大盖帽，神气得很。卢桂民多年来都受人尊敬，这下被一个保安训斥，很是冒火。但现在他不会和人计较，和气地说：

"这位兄弟，我在这里找一个人呢，不是想看热闹。"

"找人要进去找，不要在这里挡路。"

"那我是不是可以进去找一下？"

"不行，得买票，三十块一张，不是你买得起的。"保安说。

卢桂民想了想人家也没错，守门保安要负责，不让闲人进去。于是他去窗口买了一张舞票，在这个以为他是穷光蛋的"埕头泥"目瞪口呆之下进入了舞场。

这里本来是铝制品厂的仓库，一半出租成了舞场。舞场部分加意装修，和仓库间隔部分放了一排屏风。屏风后面就是黑洞洞的仓库，堆着一排排纸板箱子，里面装的是铝皮做的饭盒。舞场有一个乐队和歌手在演唱台湾邓丽君的歌曲，灯光很暗。卢桂民之前没有来过舞厅，觉得那是下流、堕落的地方，刚进来时心头怦怦跳，脸红脑涨，满头大汗。他眼睛瞳孔慢慢适应了暗淡光线，在场内跳舞的人群中搜寻着，没见晓燕的影子。他本来只想进来看一下，找不到人就离开到别的地方再找。但是付了三十块钱让他心疼，想，马上就走太亏了，也许多待一会儿能等到她。在光怪陆离的灯光下，他找到一张沙发椅子，反正买过票，坐坐沙发椅没问题。有个女的走过来，也许是陪舞的。她坐到他旁边，一看清他穿着老头衫的样子，吓了一跳，赶紧离开了。

有服务员端了啤酒过来，五块钱一瓶，比外边的贵五倍。他还是买了一瓶，忙了一整天，他觉得累了，比开车累多了。现在坐在沙发上，喝了啤酒，一下子像漏了气的皮球松垮了下来。他真想多喝几瓶，这样心里就不会揪得那么慌了。可是不行啊，他还有重要事情要做。他从来没有像现在这样地想念女儿。他能闻到空气中有女儿的气息，能感觉到她就在附近什么地方活动。

此时他脑子里想起她小时候的样子，扎着两条朝天辫子，脸蛋红红的像个苹果。女儿出生之后，他变了，他要给女儿好的生活，从那时开始他开车变得很细心，怕出事故回不了家。

每天开车回家，和女儿一起玩是他最快活的时刻。女儿一天天长大，她是个乖孩子，在学校里也很乖，虽然读书不是那么好，这也没什么，怪不得她，做爸爸的也识字不多。那时候工人阶级子弟是最光荣的，尤其是一个模范驾驶员的女儿，她在学校里受到了器重。当然他也会帮学校的人买张车票，带点禽蛋、猪肉之类的。女儿初中没毕业就从学校出来了，人家找不到工作，她进了车站当家属工，在票房工作，让人羡慕。她从来没有谈过恋爱，志敏的爸爸是大修厂的铜工，退休后让儿子顶替，找人过来向他提亲。卢师傅知道志敏爸爸是好人，听说志敏也是个好驾驶员。他征求女儿意见，她没反对。她和志敏结婚后家庭很和睦，孩子现在都五岁了，放在卢师傅家里让外婆带。卢师傅觉得他这把老骨头现在可以歇歇了，可谁能料到还会遇见这样的事情。

有一个在他附近跳舞的女子吸引了他的注意力。她的样子很像晓燕，起初他心里一惊，以为真的是晓燕，后来才知道不是。这女的跳舞姿态很古怪，是半蹲着跳的，对面一个男的也是半蹲着，和她像一对公鸡打斗一样跳来跳去。那男的好像被蛇咬了一口似的突然蹦起来，两个脚掌在空中一磕，接着就蹲下来满地转。那女的侧着身子围着他转，直着头颈瞪着他，仿佛打算溜到他背后踢他一脚。随后她像陀螺一样转动，身上的裙子变成了一口钟似的。她跳呀跳呀，头往后仰，挥动着两只胳膊，像蝴蝶拍着翅膀。卢师傅之前以为舞场里跳的都是嘭嚓嚓交谊舞，从来没有见过这样跳舞的。借着一束灯光，他看到了女子脸上极乐的表情，那是他从来没有见过的陶醉中的女人模样，她灵魂出窍，幸福得死去活来。

"要是这个女的真的是晓燕，她也会是这样开心吗？她从小到大我可从来没有看见过她开心到这种样子呢。"卢师傅想，心里一阵难受，不知为何他突然想起从前有一回他带女儿到中山公园里玩，女儿正和其他孩子玩得高兴，可他没有时间了，硬是抱着她回家了。她平时都很温顺听话，就那一次哭闹挣扎拳打脚踢强烈地反抗。她以后再也没有做过这样反抗的事情。

卢师傅坐在那里发呆，心里又想起了一件事情。W城不通铁路，旅客得先到金华才可以乘火车到各地。今年年初，由于W城坐火车的旅客数量巨大，金华火车站开始在西站票房发售火车联票。有一天晓燕回娘家时告诉卢师傅，说她今天售出的车票有北京开往昆明的3982次特快列车。沿途那些地方她都没去过，她听说过西双版纳的名字，现在看到去西双版纳的车票就在她的手里，心里很激动。售票窗口很小，看不到外面的人，只能看见买票人的手。她觉得买去云南车票的那些手都不一样，指甲皮肤都很特别。有时她会低下头从售票窗口的小洞往外看看买票人的脸孔，心里妒忌，他们为什么可以去那么远的地方，而她只能坐在这里卖票。

就在这时，他感觉到身上有什么地方在震动，一直嗡嗡震个不停。开始他不明白是怎么回事，突然明白过来，是传呼机在响，有电话呼他。他知道这个电话一定是和晓燕有关的，于是就赶快起来找电话。他跑到了门口，看到附近小杂货店柜台上有一部电话机，赶紧拿起电话回了传呼机留下的号码。

果然，是从城市的另一头八字桥打来的。电话那头是外号"泥鳅"的镇光，说看到了他女儿和一些人在八字桥头一带活动。卢桂民说马上过来。他放下电话，到停自行车的地方拿了车就赶往八字桥头。

他赶到了八字桥头，在警察亭边上看到"泥鳅"在等他。"泥鳅"指着马路斜对面一排大排档，说他女儿和几个人就在那些摊子里面，有一阵子了。卢桂民手搭凉棚往那里看，果然看到了晓燕。她和几个人一起站在路边，有说有笑。她的脸红通通的，肯定是喝过了酒。这个时候有情况发生了，一辆菲亚特出租车开过来，停在晓燕身边。卢桂民还没反应过来，就看到晓燕打开车门钻进了菲亚特，她身边的其他人也钻了进去。卢桂民想过去阻拦，但是车子已经起步，沿信和街向南开去。卢桂民知道无法追赶，但他是有经验的人，赶紧记下了牌照号。那时车辆少，W市机动车牌照代号是C，后面四个号码。他运气不错，把号码看清了。他没有笔，蹲下来用石头在地上写下来。"泥鳅"从边上的点心摊子里拿了一支圆珠笔，卢桂民赶紧将牌照号写在了手心。

这个时候，已是深夜十二点，街头灯火阑珊。卢桂民知道今天什么也做不成了，菲亚特拉着晓燕已经深入了黑夜。他心里还是觉得安慰，毕竟看到了女儿还那么生动活泼的，和一群人在深夜街头说说笑笑。他马上又想起舞厅里见到的那个女子，要是她真是晓燕他会怎么样？毫无疑问，他心疼女儿，一心想让女儿快乐。他心里没有责怪女儿，只是觉得她玩得太大了，要把她带回来。他从路边的香烟摊里买了两包"牡丹"烟塞给了"泥鳅"，谢过他，就骑着自行车回家了。

第二天一早，卢桂民骑着自行车到了位于葡萄棚路的车辆监理所，找到了所长陈村。陈村是运输段出来的，和卢桂民很熟悉。卢桂民对他说了自己的苦衷，说看见女儿昨夜坐了一辆菲亚特，他得找到那个司机，也许能找到女儿下落。菲亚特是

W市二十世纪八十年代初最早出现的出租车车型。之前本地没有出租车，只有人力三轮车。菲亚特车型体积很小，只有一个气缸，没散热水箱，靠风冷，适合W城狭窄的街路。本地人从此就称出租车为菲亚特。陈村带他到了档案室，查到这辆车的车主住在西角外横井巷。陈村开着三轮摩托车带卢桂民去了车主家，得知车主一大早就出车了。当时车上没有移动电话，无法联络到司机。陈村很给力，让交警队找那辆菲亚特车。大概一个小时后，有电话打来，说那辆车找到了，司机会自己开车到车管所找陈村。车管所权力很大，叫司机过来没有敢不过来的。卢桂民问司机：昨晚上十二点钟左右在八字桥头有一个女的和其他几个人坐了他的车，最后去了哪里？这司机马上想起来了，说是拉他们到了板桥底桥边一座三层楼宿舍，门牌说不出来。陈村就让司机拉着他和卢桂民去了那个地方。从车里能看到那座破烂的房子，外墙长满藤蔓一样的发霉菌斑，楼的一半泡在发黑的河水里。陈村记得这楼好像是蔬菜加工厂宿舍，问司机知道他们住哪个单元吗。司机说不知道，只知道他们从这个黑洞洞的门进去的，是一个男的带了两个女的。陈村问卢桂民要不要进楼看看，卢桂民说先不要。他不能打草惊蛇，要不然到手的一点线索又要断了。

现在他得搞清楚晓燕进了这个破烂宿舍楼里面哪个单元。他和陈村去了地段派出所，陈村认识他们的所长。卢桂民打听这楼里有个叫阿七的人住在哪个单元。所长叫来户籍警，问他知不知道这楼里有个叫阿七的。户籍警说知道的，这个人真名很好听，叫江乘风。父亲是蔬菜公司腌咸菜的，住在304号。阿七是个真正的烂仔，小时候就会把路边的马桶全掀翻，会把邻居的猫吊死，有一回给老鼠浇上煤油点上火，结果老鼠跑上隔壁木板房，烧了好几间屋子。他少年时就被劳教过，经常进看守所，案底一大堆，是个危险分子。但这个家伙从小就相貌清秀，人越来越坏，样子却长得越来越好看，笑起来像王心刚，表面看起来一点不可恶，还能说会道，会说笑话，会唱小调。

陈村看着卢桂民，问他要不要公安出面治一下阿七，需要的话尽管说。卢桂民沉默不语。他心里已经明白，阿七是一条虫，这种虫不好治，打不死的。要是公安出面，以后这虫会一直咬着晓燕不放。他对陈村说不用了，接下来他会自己处理，现在他要回家休息一下。

今晚星光灿烂，要打一场架了。那时城里流行打架，邻居一有纠纷，就会聚集很多人过来，用气势压住对方。打群架的方式很古老，通常都用长竹竿做成"筏扎"（船上用来撑船和钩连的用具），头上戴着建筑工人戴的藤制安全帽，打起来很热闹，竹竿和竹竿的撞击会发出悦耳声音，基本上是竹竿之间在打架，人体接触不多，不如短兵器刀刀见血。当然，"筏扎"也会打破脑袋，扎到腰身会把肾脏扎透。卢桂民把信号发出，信号马上传递开来，那些多年没打架的老家伙都悄悄地松了松肌肉，活动了几下关节。江边的人家把"筏扎"准备好了。"筏扎"竹竿很长，警察知道运送"筏扎"就是打架用的，严加管制。得天黑了之后在小巷里传送过去。

现在卢桂民再次到了板桥底的河边，天已经大黑了，河上飘起了一阵阵臭气。卢桂民带了几十个人过来，都分散在暗处，只有他一个人慢慢走近了那座一半泡在河里的宿舍楼。他决定一个人进去，人多了会吵起来。他都这把年纪了，相信阿七不会对他无礼，就算真打起来，阿七还不是他对手呢。他让弟兄们埋伏在外面，要是里面闹将起来，他们就冲进去。

说好了，他就一头走进了这个门洞。里面黑乎乎的，没有灯，楼梯口走廊里堆着杂物，地面湿漉漉的。楼道里有一股陈年的气味，依附在建筑物的每一寸墙体和地面，卢师傅说不出这是什么气味，也许是老咸菜霉豆腐？也许是死老鼠腌猪头？

也许什么都不是。这气味在他意识深处唤起了一丝不快，好似手沾到了不明动物巢穴里的黏稠液体。他摸到了三楼，用手电筒照着，看到了304室。

门关着，门缝里透出灯光。卢桂民贴着门听了听声音，里面有响动，是凳子移动的声音。他就开始了敲门，没有猛敲，是正常地敲。里面响起人的声音，有点紧张防备的。

"谁？"

"是我，开开门吧。"卢桂民说。

"你是谁？"里面的人问道。

"晓燕的爸爸，你快开门。"

门开了。一个个子不矮的年轻人站在门边，穿着白背心，头颈上有一条粗粗的金项链，是个小白脸，带着笑容，说话倒是客气的。

"老司伯，你搞错了吧？这里没有叫晓燕的人。"

卢师傅一把推开他的身体，走进了房子，打量四周。这是一个单间的房子，一眼就能看清房间全部，尽头处有个炉灶，边上铺了一张床，有一个三门橱和五抽斗立柜。唯一隔开视线的是角落里有个破旧的屏风。卢师傅走进一看，屏风后面只放着一个马桶。他一惊，晓燕真的不在这里。他心里有点复杂，一方面失望，一方面又为她没有在这种烂地方栖身觉得宽慰一些。

"后生儿，晓燕在哪里？你快点说。"卢桂民质问他。

"老司伯，你就不要下套子了。我不知道晓燕这个人，你一定弄错了。"他笑嘻嘻地说。

"你是叫阿七吧？"卢桂民说。

"是的，我是阿六弟弟阿八哥哥。老司伯怎么知道我名字？"他照样嬉皮笑脸。

"大家知道晓燕最近和你在一起。我亲眼在八字桥头看见她和你有说有笑坐上的菲亚特。"

"既然她有说有笑快快活活，你何必找她回家呢？"阿七说。

"你不要跟我油腔滑调。"卢师傅斥责，可有点语塞，找不到话反驳他。

就在这时，卢师傅发现靠窗的一张椅子边上，有一个手提包露出一角。他过去拿起，看清了是晓燕的手提包，是他去年在杭州延安路商场给她买的。这下明确了，晓燕的确在这里，他没搞错。

"这是什么？晓燕的包在这里，她人在哪里？"卢师傅提高了声音。

"老司伯,你怎么知道手提包是她的?《西游记》里孙悟空会七十二变,莫非你家晓燕也会变成一个手提包?"这家伙继续油腔滑调。卢师傅火气上来,忍不住想扇他一巴掌。就在这个时候,门口响起脚步声,很快,门就开了,是外面人用钥匙开的。晓燕和阿琼同时走了进来。晓燕看见了父亲,愣住了。

"爸爸,你怎么在这里?"晓燕说。

卢师傅也愣住了。女儿的突然出现让他猝不及防。他清楚地看见女儿刚进门那一刻脸上满是笑容,好像带着什么惊喜回来。看见父亲在屋子里,她的神色变得苍白冷漠,像古书里讲的妖人把女子变成石头一样。

"女儿,你现在什么也不要说,先跟我回家。"卢师傅说。

"爸爸,我不能跟你走。"晓燕说。

"女儿,你是给鬼蒙住了。你现在马上跟我回家。你知道爸爸的脾气,你不跟我走会闯祸的。"卢师傅说着,抓住女儿的手腕拉着她往外走。女儿没有抗拒,但眼睛看着阿七,像是向他求救。

"你不能走!"阿七喊,想冲过来拉住晓燕。但是阿琼拉了拉他衣角,那家伙就止住了脚步。

卢桂民把晓燕带到楼下路上。他的人都还等着,看他找到女儿都围了过来。他们叫了好几辆菲亚特，赶紧开回到西站职工宿舍卢师傅的家里。

卢师傅一路都抓住女儿的手，好像一松手她就会跑掉。晓燕一句话不说，脸上没表情，眼睛直勾勾看着前面。他带着晓燕回到家，她妈妈抹着眼泪，看女儿变得那么憔悴，赶紧给她做吃的。晓燕一声不响坐着，大概肚子实在饿了，看她妈做好了海鲜面，就吃了下去。她肯定在外面浪荡把肠胃弄坏了，一吃了海鲜，很快就说肚子痛，坐在马桶上腹泻不停。晓燕的儿子本来睡着了，这个时候醒了过来。他不知自己是不是在做梦，看着母亲不敢叫她。

就在这时，卢桂民看到女儿白皙的手臂上有一个刺青，是一只黑蜘蛛。女儿之前身上干干净净的，肯定是这几天在外面的时候刺上的。女儿丢了魂魄似的坐着，那黑蜘蛛倒像是活的，睁着大眼，似乎要冲着卢师傅爬出来。一刹那，卢师傅只觉得身上起了一层鸡皮疙瘩，心里有一种不可思议的惊奇。这个时候他没时间和女儿说话，他还不能歇着，那帮老友还在等他。他下楼安排他们在西站边的一个小酒店里吃酒食。根据卢师傅的直觉，今晚还会有事情，阿七不会善罢甘休的。

果然，不到两个小时，夜里两点多钟，阿七召集了几十个人，背着"筏扎"戴着藤帽，坐了好多辆三轮车找上门来。卢桂民这边的人放下了酒碗，操起了家伙，排开了阵势。

"扎牢！扎牢！"前面一排的人齐声喊着。

卢桂民手里也是一根"筏扎"，戴着藤帽，站在最前的位置。他看到对方人数很多，排成方阵，持着"筏扎"慢慢向前，慢得好像没有移动一样。在这即将开战的短暂间隙里，卢师傅心里挥之不去的是晓燕手臂上的黑蜘蛛文身。小时候他斗蟋蟀，听说山上面坟墓里的蟋蟀最凶狠，最凶的是住骷髅里面的。有一次他在墓洞里捉蟋蟀时扒到一个黑蜘蛛巢，被激怒的黑蜘蛛散发出浓重的气味，爬满他全身蜇咬。他满身红肿逃回家，血液中毒昏迷了几天，最后是一个老中医用蛇药救了他的命。那以后他有了一个黑蜘蛛梦境。他从来没有对人说过梦中的黑蜘蛛，但它居然会转移到晓燕的身上。现在他确信，几小时前阿七家楼道里的气味就是蜘蛛巢的气味。

对方很快冲了过来，第一排的扔出几个猫狸弹，发出爆炸声和烟雾，后面一排挥着"筏扎"冲过来。双方一片混战。卢桂民这边的人虽然上了年纪，但是打起"筏扎"方阵很有章法。卢桂民冲在前面，头上吃了好几竹竿，好在戴着藤帽，脑袋才没有开瓢。双方打了半个小时，战斗一直胶着，难分胜负。

此时在楼上卢师傅的屋子里，晓燕的儿子终于怯生生地投入了母亲怀抱。

"妈妈，我很想你，你不要我了吗？"

"不，妈妈爱你，每天都会想你。"

"那你为什么要走，在外面不回家？"

"妈妈没办法，妈妈心里面有个东西在闹，难受，只好到外面去。"

"妈妈，是你手臂上这只黑虫子在闹吗？它是什么虫子？"儿子已经发现妈妈手臂上的文身，说。

"是黑蜘蛛。我也说不出来是不是它在闹。只是妈妈不出去的话心里很难受，对不起，孩子，妈妈真的很爱你。"晓燕说着，抚摸着儿子的头，眼泪哗哗流了下来。

"妈妈，我不喜欢这只黑蜘蛛，能擦掉吗？"

"擦不掉了，永远都擦不掉了。"

终于，派出所警察和联防队得知西站打群架赶了过来，阿七一帮人才退走了。卢桂民头上包着纱布，血渗到了耳朵根，筋疲力尽回到了楼上的房子。他问老伴晓燕怎么样，老伴说她在里屋和儿子一起呢。卢师傅有点不放心，轻轻推开了房门，结果发现她不在了。外孙睡着了，他是在妈妈怀抱里睡着的，脸上还带着母亲回来的幸福感。晓燕是从窗外的瓦背上跑走的。这窗外有个水泥的小平台，晓燕小时候卢桂民常带她上屋顶晒太阳，还在屋顶种过南瓜和喇叭花，她知道水泥平台前面的民房瓦背屋顶可以通到后巷，那里有一棵桑树可以下到地面。

  卢桂民师傅的女儿就这样逃走了。她如果真的是文身图案里的黑蜘蛛，那么肯定有几只脚断了掉在窗台上，只是卢桂民无法看见。卢桂民望着窗外的黑夜，隐隐约约看到了她的影子，还听到了瓦片被她连续踩碎的声音。

2022 年 9 月

涂鸦

一

　　二十世纪六七十年代在温州市区生活过的男性，无论大小，进入公共厕所时，都会看到墙壁上写着一句莫名其妙的话：石银池入土匪为什么不处理？久而久之，温州市区的男人上厕所，都习惯说是去石银池。时隔若干年，我脑子里还能回忆起那高清的画面——小便池上方的墙面由于阿摩尼亚气体的上升产生一层黏稠，墙壁上黑色的炭笔时间一长，像是覆盖了一层保护性薄膜，这洞穴里似的符号混合着昏暗的灯光和刺鼻的气味，完全像是一个噩梦。当年雨果因为看到巴黎圣母院尖顶钟楼下的一根柱子上铭刻着单词 ANAΓKH（希腊文：命运）而写出《巴黎圣母院》，现在我想试试，用公厕墙上的这一句涂鸦，虽然它不像巴黎圣母院的铭刻那样圣洁，但也许能写出一个流传后世的温州故事。

前年的一天，我突发奇想，为何不在电脑上百度搜寻一下，或许能找到有关"石银池入土匪"的信息。我很快做了，发现有一段文字：

　　裴达峰在福乐林医院当医生时，因为裴家花园在城外郊区，太远，便住在城内的单人宿舍。这宿舍没有厕所，某个冬夜里，他拉肚子，只得跑出屋子，到街头最近的一个公厕去，那个公厕原来是土木结构，前些日子被大风刮垮了一半，最近翻修过，全换成了砖墙。裴达峰蹲在便坑上，头上是一盏黄澄澄的灯泡，前面有一道活动的木门可以开关。他看到外面小便池上方的墙还是空白的，不像其他公厕那样写着那行标语。而就在这个时候，他从木门的上方看到有一只手出现了，在墙上写下一个个黑字：石银池入土匪。他吓了一跳，看到了奇迹一般。他看到那只手里夹着一块黑炭。特别让他注意的是，那只手的手腕上方有一个刺青，图案是一条蛇和一只鸟。那只手写得不快，因为墙壁湿滑，写得比较费力。裴达峰这个时候本来已经放松完毕，要站起来出去。可是他怕惊动那个人写字，就蹲在那里，等他写好了，才站起来推开木门。那个人转过身来，是个中年人，表情像是个木偶，没有理睬裴达峰，只管往外走。裴达峰跟在他后面纯粹是出于好奇，或者是因为发现了一个城市的秘密而产生的兴奋，裴达峰忍不住上前问了他一句："石银池是谁？"

"石银池是土匪。"那人回答。

"那你是什么人？"

"我就是石银池。"

结果在这个冬夜，他们两个人一起到了西角外一个卖猪脏米粉的小店铺里喝起酒来。他们没有说什么事情，喝完了酒就各自走开。从这天开始，由于接触到了这个城市的象征符号制作者，裴达峰开始觉得自己和这个城市有了联系，他成为城市的一部分。

当我读到这里时，就觉得：文字怎么这么眼熟？突然明白过来，这段文字是我自己写的，是我十几年前出版的长篇小说《布偶》里的一段。我在百度上搜了好久，除了我自己写的这些，再也没有别的线索。那些年这么重要的事情，居然已经无人提及，历史总是这样容易让人遗忘和感伤。我这段文字其实是虚构的，我并没有遇见写"石银池入土匪"的那个人，所谓的裴达峰只是我小说中一个人物。我离开故乡在海外生活了近三十年，随着我在海外居住时间越来越久，对家乡的遗忘也越来越多，就越是想抓住一些重要的记忆，而"石银池入土匪"的涂鸦在我心里就越是凸显出来。我回家乡探亲访友时经常说到这件事，大家的回应也只是怀旧地哈哈一笑，说不出这事的详细来历。

前年回国，有一天在一个饭局上我见到早听过名字但没见过面的陈渠来老师。喝酒时说起本地往事，自然提到了石银池的事情。陈渠来老师说知道这个写标语的人的来历，和他有过往。那天我们都喝了很多的酒，脑子都断片儿了。我记得他说这人本来是渔业机械厂的，被下放到农村，后来在他的街办厂里干过活。我当时心里一动，想多打听打听，可惜饭局人多嘴杂，无法细说。陈渠来以前是文联的干部，很早就辞职去了意大利，年纪比我大十几岁，现在已八十出头，但还是一头黑发，意气风发。他那天在酒席上说在佛罗伦萨的两个餐馆现在交给儿子打理，自己除了到处旅行，就是常回温州老家生活。于是我起了一个念头，下次见面时要向他详细了解一下石银池的故事。

在后来的一年中，我从陈渠来的微信朋友圈里看到他在全世界旅行，我回国几次都因时间不对，与他擦肩而过。这年夏天，终于与他在一个老友安排的饭局上相遇，这位老友知道我想了解石银池的旧事。陈渠来知道我写小说，他的谈话会被我记录，所以说话格外慎重。我没有迫不及待，也不主动问他，耐心等他开口。吃饭到了尾声，还没见他提起，我终于忍耐不住，开口问他。他迟疑片刻，回答说这事酒桌上说不清，明天约个时间到马鞍池公园吧，一起喝茶聊聊。后来他又改了主意，发微信过来，说让我到他家里去，他特地请了一个了解这件事情的老朋友。

第二天我去了他家，他家在小南门马鞍池一个高级小区里，面积二百多平方米。他说自己去年买了这套房子，每年一半时间在这里住，一半时间在意大利。房子是二手的，买来时已经装修好，所以不大看得出他的品位。但我注意到他独自在家里做木刻雕花，那种可以装在墙上的木版浮雕，他是在用雕刻讲述民间故事与古代神话。他说现在不做生意了，闲得慌，就用木雕来消磨时光。这事他是无师自通，凭着当年做机械的经验。来他家的朋友姓裘，一个干瘦的老头。当年他们一起办厂，和李秀成打过很多次交道的。这个时候，我记住了写标语的人叫李秀成，而不是那个自称的石银池。我总是习惯性地把涂鸦者当成石银池。

我们的话题从温州的老城西郭外开始。

那时候，陈渠来活动的范围在"西郭"外一带，这两个字也许是"西角"，在温州话里，"郭"和"角"是同一发音。古代人称城市为城郭，温州话里多古语，所以叫"西郭"的可能性比较大。陈渠来的祖上是西郭外人，但他小时候是住在市中心五马街，从那里步行到西郭外要花一个钟头。陈渠来的父亲是工商业主，在五马街开大商铺，解放后经公私合营几次改造，产业全部被剥夺。陈渠来中学毕业后没工作，但是他并不担心，当年他曾祖辈也是从乡下空手到城市里创业的，起步就在西郭外。他没有一声怨言，每天都从五马街到西郭外一带，在打索巷里混时间。

很多温州人对西郭外觉得陌生，甚至有种神秘感。城中的人们说那里是个黑暗地带，底层人多，基本上还像是旧社会。那里的人大多没有正式的工作，靠着一条瓯江打零工做点小生意。瓯江在温州市区有很长的岸线，分为很多个码头。在朔门一带是到上海的客运码头，还有港务局码头，蔴行街码头是游客乘船去江心屿的，都有了点现代气息。但西郭外的码头主要是永嘉山底西溪流域山地居民和城市的连接通道，因为西溪山底的贫穷，这里没有受到社会进步的影响。永嘉西溪那边的人靠这个码头输送山上出产的木炭，分松炭硬炭；还卖山里出产的地瓜丝番薯粉；还卖一些用竹梢扎成的扫把。其实永嘉山底角还有很多土产可以拿到城里卖，但是当时管理很紧，基本是山民自己上城里卖，专门做这个生意的人很少，被抓住了要治罪。卖掉了这些山货，山头人要在这里带上山里必需的小咸鱼、盐、针线、铁器等生活用品，所以江边的打索巷就成了一条开满店铺的街。这条街上买卖的虽然都是最基本的生活用品，倒也是很热闹的。这里还保留着一些解放前就有的生意，当然是地下的，秘密的。比如一种叫卖"香干爷儿"，其实就是风干的婴儿尸体，有的人家就秘密供着，说是"养小鬼"。还有更加秘密的事情，那就是卖淫的女子，非常地下，外边来的人根本没门路找到。打索巷上有一个开水灶，灶边上摆了一张桌子卖茶，一分钱一碗。陈渠来就坐在这里喝茶，开始寻找机会。

　　陈渠来说自己做的第一个产品是防风煤球炉。江面小舟上要烧饭，那些打船人一手把舵，一手擦火柴点火做饭，这让陈渠来看出了机会。他做的防风煤球炉在江上大风中照样可以燃烧，不用的时候火可以闷住。产品一做出来马上卖出去很多个，他就召集了几个西郭外人在一个大房子的上间角开始生产。后来开始做煤油炉，做塑料热水瓶壳，什么东西好卖就做什么。但他不是以个人名义，而是以街道公社名义，叫街办企业，所有销售都开街道的发票，给政府缴税。这样的街办企业和国营单位待遇有天壤之别。但那个时候人们找工作极其难，特别是因温州属于东海前线，坚决不投资工厂，国营企业非常少，只有几间必需的，比如邮电局、电业局等。所以陈渠来创办的尽管是街办企业小作坊，很多领导还是会把子女安排进他的小工场里。当时的地委组织部部长的儿子都进了他的作坊，工作是把回收的破铁皮敲平做其他东西。领导人子女在他的工场里做事，等于给了他保护伞。他的小日子开始过得还不错，但是他特别小心，知道自己的生意像是树上风中的鸟窝，一起大风就会被整个刮到地面上去。

有一天，城西公社的金书记找他，要他安排一个人工作。

"你得收下一个人，这是上级交代的政治任务。"公社金书记说。

"金书记，你知道我们庙小，已经再也没有窟窿可以插人了。再插人进来就要倒摊儿了。"陈渠来说，他想主任说是上级交代的任务，大概不是安排他自己家人，而是帮别的领导，这叫"掣篮儿"。他总得先推挡一下，看风使舵，尽量争取点什么条件回来。

"我再说一句，这是上级交代的政治任务，你必须收下来。"

"他什么人啊，上级这么重视，还提到政治高度？"

"你知道前几天站在八字桥头那个举着一个牌子的人吗？那上面写着'石银池入土匪'的标语。"金书记说。

"知道的，我每天从五马街到西郭都经过八字桥头榕树下，看到过那个举着'石银池入土匪'牌子的人。你是不是要把石银池安排进来？"陈渠来说。

"是写那条标语的人。他不叫石银池，叫什么名字我也忘记了。你知道吗，这个家伙最近可把我们西郭派出所的所长老单害苦了。你要是不收，派出所所长马上会把你的工场给端了。"

金书记一说派出所所长老单，陈渠来就有点怕了。他最怕派出所所长老单，这人是苏北人，脾气很不好。他向金书记提了交换条件，得到同意，于是答应收下这个人，让金书记通知他来上班。没想到金书记说这个人还得陈渠来自己去找，动员他来上班，因为陈渠来这样的破工场他看不上。金书记把此人的地址告诉了陈渠来，是在郭公山脚下的教场头23号。

二

西郭外临着江边有一座小山，叫郭公山。教场头23号是一座孤零零的新房子，坐落在山脚下斜坡的高处，面对着黄泥水滔滔而下的瓯江。

此时这屋子的主人李秀成坐在屋外的一张木凳子上，看着江水发呆。他就是写"石银池入土匪"的人，自己却有个和太平天国忠王李秀成一样的名字，这显示出他上辈人中有过读书人。这个人身材瘦小，筋骨却结实而有力气，他的眉毛有点倒挂，相书上称长这种眉形的通常是固执的人。此时李秀成的内心像浑浊的江水一样翻滚，一阵阵愤怒和冤屈涌上心头。他想着半年之前的日子，那时他坐在这里，喝着黄酒，儿女在身边唱儿歌，妻子到水井头洗衣服，真是安宁幸福啊——可是现在这一切都消失得无影无踪。

李秀成是江边的人，也许他祖上有过发达的人，但到他父亲这辈已经只能在江边木材商行扛杉树干谋生了。他从十四五岁开始就整天在江边瞎逛，有搬运的活就干点，没活干就在小食摊边上蹲着，听听行船的水手讲各种奇怪的故事。他这类人有个外号，叫作"江边雀"。这三个字是温州土话谐音，意思是靠在江边捞点好处过日子的人。除了打些零工，"江边雀"最想看到的是上游发大水冲下来的木头。那些木头是无主的，在江中顺水而下。"江边雀"要有好眼力在翻滚的江水中看到漂木，还得要有好水性游到江中将之拖回。大木料像一条鲨鱼似的凶狠，不听话，带它到岸上很难，有时会把人拖到激流漩涡中淹死。但危险算不了什么，问题是无主的漂木极少，你得像那种腿很长的鹳鸟，老等着，不停看着江中。李秀成冒死捞上来一根木头，在街上变卖了钱，就能吃上几天饱饭。当然，他还会做些其他事情，有时游到运送排筏的地方割断绳子，使其漂出几根木头来，这样就会比较容易发点横财。他认识几个字，爱听《水浒传》《三国演义》，知道天下大势分久必合、合久必分，人的运气该来时总会来的。他口袋里有钱时喜欢在打索巷的猪脏粉店里吃上一碗，喝半斤老酒。那时他没有家，到处找地方睡觉，有时就睡在停靠在江边的船上，帮船家做点搬运的事情。

一九五四年年底的一天，他看到了几个解放军军官上船和船主说话，那时温州早已和平解放。船主说他们要开船去解放一江山岛，一江山岛当时还被国民党军队占领着，又有美国海军做后盾。听说要去打仗，船上的水手偷偷溜走了好几个。船主见人手不够了，问李秀成愿不愿意一起去。李秀成还没出过海，巴不得到外边看看，就说愿意，结果就跟着船出了海。这条船是大型的机帆船，有风帆还有机器，船主让李秀成帮他照看柴油机，有时也叫他一起把把舵。这是解放军第一次海陆空三军联合作战，所谓海军的军舰大部分就是临时征用的机帆船。李秀成所在的这条船还算好些，解放军的营长坐在这里，是指挥船。开始冲锋时，敌军火力太强，船主被国民党军的重机枪打中倒了下去。在这个危急时刻，李秀成接过轮舵，全速前进，驾驶指挥船向前冲，其他船只跟着指挥船冲锋，成功登陆解放了一江山岛。但还有一种说法是船长被打死之后，解放军的营长认为敌军火力太强，下令撤退。可是李秀成还没全部学会开船技术，只知道往前开，不知道倒挡在哪里，一直找不到倒挡，结果错挂到了最高速，其他船只看指挥船在炮火中勇敢前进，就鼓足勇气冲上滩头登陆（这个说法不一定准确，也许是后来李秀成的对手在造谣）。

这之后，军队给了李秀成几十块钱和一张参战证书，送他回到西郭外的码头。当地民政局安排他进了温州上陡门的渔业机械厂。既然他会开船上的机器，厂里就让他开车床，定级是三级工，工资每月四十八元，比普通新工人的二十四块高一倍。他还上了工人夜校，有了文化，一下子成了工人阶级。真的无法形容那时李秀成的日子有多么幸福。他自己搭建起了这一间看得见瓯江的房子，滔滔江水让他能想起给他带来好运的一江山海岛。他娶了老婆，生了两个孩子，如今都上小学了。他坐在门外，喝着黄酒，有时喝着白酒，看着瓯江上的船只排筏，真是过着神仙般的日子。

可天有不测风云。半年之前，厂里贴出告示，说如下职工要下放到农村去，连家属都一起去。他看到了自己的名字在列，下放的地点是离温州一百多公里远的文成县黄坦区，那地方交通不便，很贫穷。说实话，李秀成知道国家的确有城市职工下放农村的政策，但他绝对不会相信自己名列其中。一打听，都说这名单是厂里的人事科科长石银池定的。这个石银池不是本地人，是北方过来的南下干部，样子像戏曲里的番邦金兀术，大胡子，黑脸膛，小孩子一见都会哭。李秀成背后说过他像土匪，其实这完全是无意的，是他喝过酒之后胡乱说的。莫非是石银池听到过这话，暗里给他下毒手，让他一家到最偏僻穷困的山区去受罪？李秀成去石银池的办公室找他讲道理，可是石银池说的是北方外路话，两人无法理论。李秀成就用温州话骂石银池的娘，这话石银池听懂了，掐着他脖子像拎小鸡一样把他扔出了办公室。

那个年头，人们只能服从组织的分配，甚至有人还觉得到艰苦的地方去是光荣的，十来年后大规模的知识青年上山下乡就是这样。但是李秀成没有这样的觉悟，他觉得被下放农村是对他的侮辱，他决不接受自己平白无故从一个城市工人被贬为山区的农民。他是受过苦的，知道山里人吃的是地瓜丝，下饭的只有又臭又咸的小鱼干。他也害怕自己回到"江边雀"的年代，害怕在江里拼死打捞一根无主木头的冒险。他想过与其再吃那种苦，还不如死掉算了。他一次又一次到厂里闹事，都被石银池打跑，他可打不过这个土匪一样的石银池。但有一条他可以做到，坚决拒绝前往文成山区报到，赖在温州。然而当时有一句流行的话：政府对你这种人有办法！政府的确对李秀成有办法，从某天开始，他一家的户口都被转到文成去了。没有了城里的户口，两个孩子都不能上学了。特别厉害的一手是，他一家的粮食关系也都被转到了文成那边，他已经没有买粮食的粮票，还加上几十种其他生活必需品的票证。

李秀成是在江边长大的，知道江里面各种鱼类的习性。他看过河豚（本地人叫这鱼是"乌郎"）肚子胀大像个球，温州谚语说"乌郎的肚子逼起硬",意思就是不得已的情况下要做出一些非正常的行为。他不能坐以待毙,得为自己一家战斗。按照中国人经典的做法,逢到冤屈的事情要找官家申冤。过去的日子官员会坐轿,百姓有拦轿的机会。但现在这种机会没有了。官员不再坐轿子,所以也不知道谁是官员。李秀成知道温州市委机关在墨池坊那个大院里,当大官的都在里面办公事。可是外边有解放军端着冲锋枪站岗,他自己是进不去的。他计划好了一个行动,领着九岁的女儿到了市委机关大院门口,在中午吃饭的时间让她躲开站岗的士兵视线溜到里面去。几天来他反复告诉女儿,进去之后,看到那些肚皮特别大的,就跑过去抱住他们的腿,说自己肚子饿要吃饭。这样里面的大官头一定会追查这个孩子为什么没饭吃,他就可以见到大官头申冤了。女儿很聪明,按照他的要求溜进了市委机关大院,循着饭菜的香气在市委大院里面找到了食堂,见到一个肚子鼓鼓的肥胖大官,就抱住他的腿说肚子饿。这大官头见小孩面黄肌瘦,带她进了食堂,让她饱食一顿,然后就让她走,并没问她饿肚子的原因。李秀成的女儿聪敏伶俐,基本完成了父亲交代的任务。但是这一次经历的后果很严重,把她美好的内心破坏了,为日后的命运惨剧埋下了伏笔。李秀成看到女儿吃饱了肚子回来，但没有大官为他申冤的事发生，第二天继续带女儿去市委机关。门口站岗的士兵已经注意到了这个女孩，就再也没让她混进市委机关大院了。

李秀成知道要自己出面了。八字桥头是西郭和市内的连接点，那里有棵大榕树，后来有了个警察亭。一九四九年之前这里常有人跪在地上申冤，这些年没有了。一来不让跪，二来跪了也没有用。李秀成改变了办法，不跪，站在一张凳子上，举着一块白布，上面写着"石银池入土匪为什么不处理？"地上铺的白布写着自己的冤情。八字桥这地方闲人多，很快就围了一圈人。人越来越多，看不见里面的究竟，围在外面的人就更多了。李秀成站在凳子上，让更远的人能看到他。这件事马上传遍四方，小城的人们需要这些有趣的事情滋养心灵。陈渠来每天上班从五马街到西郭外都要经过这里，好几天都看到了这个景象。

李秀成站在自带的凳子上，一直观察着八字桥头三条路上的情况。他看到有公安摩托卡开过来，来的是西郭派出所的所长老单。老单一下摩托，人群就分开一条路，让他进来。老单走到了李秀成跟前，把他拉下凳子，一把扯下他的白布，扔在地上踩了两脚，对着他左右开弓打了四个耳光，还踢了他两脚。又把他塞进摩托卡，拉到了派出所里训斥，警告他下次再去八字桥头闹事就送去劳动教养，之后给轰出去。

就在被左右甩耳光两眼冒金星的时候，李秀成脑子里闪出一个想法，他必须找准一个具体的个人来对付，想对付整个社会是没有用的。他已经找到了第一个要对付的人，就是派出所所长老单。只有把他搞得整天不安宁，自己的事情才可以有解决的希望。

他开始打听老单的情况。后来从一个被管制的"四类分子"口里知道老单是苏北人，不久前死了老婆，家里有个老母，有三个上小学的子女。钱不够用，自己还会抽烟喝酒，经常向同事借钱。

李秀成下一步的行动证明他是个富有想象力的天才。他听的那么多的三国、水浒鼓词和说书，让他富有诡计。他想出了一个很复杂的办法，每天给单所长寄出一封信，深刻检讨自己的错误，赞美单所长赏给他的耳光和脚踢。他用旧报纸糊了很多信封，从附近中药店的柜台上拿了一沓包中药的纸，一张裁成四张当信纸。最重要的一点是信封上不贴邮票。当时邮电局可以寄欠资信，由收信的人付邮费，所以每天一封信的邮票费都记到了老单头上。邮电局是国家单位，欠的钱不能不付。虽然一张邮票才四分钱，但一个月下来，所长给扣了一块多钱工资。这下老单头大了，他的工资才四十来块，本来就不够用，每一分钱都是珍贵的。比方说，每天买菜时要买一分钱的葱，老单都舍不得买。李秀成每天一封欠资信把他四天的葱钱都用掉了。他本来想把李秀成抓起来劳动改造，可是一了解，李秀成有解放一江山岛的参战证书，军队发的，是保命金牌，不能劳教。他开始联系渔业机械厂，让他们改变下放李秀成的决定。但是渔业机械厂说厂里根本没有这个权力，射出的箭无法收回，要改变一个已经下放人员的户籍，必须要省里多个部门联合决定。日子一天天过去，李秀成用报纸糊的信封每天准时送到派出所，把老单逼得要发疯了。他只好和街道公社的金书记商量，想办法给李秀成一个吃饭的事情做做，让他安静下来。于是，就有了公社金书记找陈渠来商量的事。

三

好了，现在可以开始让陈渠来和他的老友讲这件事情了，下面的话都是陈渠来说的。我把手机的录音功能开着，但没告诉他们，怕他们知道被录音会有所保留。

我听到公社书记这么说，知道这个篮儿没办法不"掮"。我那时逢到上面要"掮篮儿"一定得从对方那边争点好处回来，所以我装着这事太难做到。我和金书记打过多次交道，他知道我的套路，让我说一下条件。我说我档案中有一张照片，是一九四九年前中学毕业典礼的合影，坐最前面中间的是当时温州国民党专员，叫蒋保森。后来江心屿的阶级教育展览有一组蒋保森活活挖地下党分子心肝的泥塑像，其实是展览馆模仿刘文彩《收租院》泥塑虚构的故事。我知道这张照片在我的档案里是一颗定时炸弹，要是爆炸了就会毁了我和我的子女。所以我提出的条件是让金书记把那张照片抽出来还给我。还好金书记不是个原则性很强的人，答应了我的要求。第二天他把照片给了我，我放了心，因为那时没有复印机，还给我照片就会不留痕迹。我拿到照片后，装着很不情愿的样子答应安排李秀成，其实我觉得这一次我不吃亏，赚了很多。

我去了郭公山脚下，李秀成的房子在原来的城墙边，是自己盖的，不远处的城墙缺了一大截。那些明朝城墙砖都被他偷偷拆下来改盖到了他家的房子上。这么说他住的是明朝的房子，真有范儿。家门口养着几只鸡，花坞里种着鸡冠花，没人浇水都蔫巴巴歪着头。他一家都在屋里，刚吃好饭，老婆在灶台前洗碗，孩子还坐在桌子边。由于没有钱和粮票，吃的可能已经成了问题，我看到他的老婆和孩子眼神都有点慌张不定。

我照温州人礼数，去别人家里总带着一个纸包当伴手礼。当然见不同的人纸包内的东西是不同的。到掌握权力的人家里，纸包里会是桂圆荔枝，或者是白酒和"大前门"香烟；到一般人家里，有一包北枣加一包炒米糖差不多了。而去李秀成家，纸包里有两块炒米糖，意思一下就可以。但我临时改了主意，买了一瓶乙烧（乙级烧酒，比甲级烧酒便宜），还买了点猪头肉包起来。我看到他一定是饿坏了，鼻子居然闻到了纸包内散发出的猪头肉香味，眼睛不时地瞟着它。他装着要给我敬烟，可香烟壳里早空了。买香烟是凭票的，他没了票证就买不到烟了。我递给他一根光荣牌香烟，给他点上。他深深吸了一口，半天都不吐出烟雾来。我看到桌上有一大摞裁好的纸，还有一摞旧报纸糊的信封。这些不贴邮票的信封，每一个都会变成蝙蝠，把老单的工资当血液一滴滴吸走。

"我说兄弟，你这块地基风水真是太好了，可谓背靠青龙，面向白虎，江流尽在眼下，子孙有福的。"我发自内心地说。

"你这话怎么好像在夸一块坟墓地基的风水一样。"这家伙说话很冷很刁，对我充满了防备。我觉得他真是死到临头还会嘴硬，温州土话说：人死了还不知道自己头臭，说的就是这种人。但我还得耐着性子和他说话。

"我听说你最近吃了点亏，心里委屈。还听说你被派出所的老单打了几个耳光。但是你最后把他给整趴下了。听人说老单现在没钱了，本来抽香烟是红金牌，现在只能抽新安江牌了。这事很解气。老单这家伙打了多少人，谁都不敢吭一声的。这回可踢到了马蜂窝了。"我说着，开心地笑起来。我说这话是真心的，我也给老单这个家伙羞辱过，所以说到他被邮电局扣了钱的熊样真的很开心。

"打我几个耳光算什么？最好开几枪打死我算了。现在我发愁啊，不知如何是好。我好端端的温州城里人，凭什么要把我赶到文成山底角去？还不只是我一个人，要把我全家都赶过去。我的儿子、女儿本来在烈士路小学读书，现在都给退学了，只能待在家里。工资没有了，粮食关系没有了，所有的票证都没有了。就算有钱也买不到粮食。我这几天吃的都是跟隔壁邻居借的，隔壁邻居现在看到我就远远避开，敲门也当没听见。我正在想，明天带着一家人到派出所门口死在那里算了。"这个家伙说道。我听出来他的话有点夸大其词，是故意说给我听的。他大概猜出了我来这里总有点目的。

"是啊是啊,知道你的难处,今天我就是来和你说说这些事。我带了一点酒和小菜过来,要不我们就喝一杯,边吃边聊?"我说着把那瓶乙级烧酒拿出来。你还记得吗?乙烧的酒是用医院里打葡萄糖盐水的玻璃瓶装的。当时酒厂搞不到玻璃酒瓶,只好从医院里回收用过的盐水瓶装酒。

看来我这一招还蛮管用。我把酒一拿出来,就听到他说:

"你这烧酒怎么样?是番薯干烧酒?"

"哪里啊,是西山酒厂的米烧,正宗货。"我打开了另一个纸包,里面是猪头肉,香气扑鼻。两杯酒下肚,话就多了起来。我发现自己和这个家伙还蛮谈得来。

"兄弟,我心里难受啊。我好不容易过上几天好日子,又要回到过去。莫非我的命就那么衰吗?前几天,我实在心里难受,就去山顶上的和尚寮里算命。老和尚说我是伍子胥过昭关,过了昭关白了须。意思是我要落难一段时间,日后还会有出头的日子。不知这个命算得准不准?"

"天下的事就是这样,运气出的时候紫微星也挡不住,运气不好烧开水也会烧焦了。"我说着。其实当我在郭公山上看到西郭外码道那一带心里酸得很。我祖父家族的广茂商行之前在江边有看不见尽头的木材堆场。我祖母说她自己当年坐在粗康桥上吃着杨梅干看桥下的人斗龙舟。她当年要布料只要一句话就有五马街金三益商店送整匹布过来。但现在都没了。我算是墙角的草偷偷生长,勉强有口饭吃。但是这些话我不会对他讲,喝再多的酒我也不会对他讲。

"我说你这样老是写信也不是办法,虽然你自己不贴邮票不花钱,可是你自己也不会有一分钱收入啊。坐吃山空啊。我看你信封糊得很好,要不到我的工场里试试,我那里有糊纸盒子的工作。你把工夫花在上面,还能挣点钱。"我试探着说出了我的来意。

"去你的街办破工场干活?那里都是些残疾人吧?我是国营工厂的工人,我是开车床三级技工。"他说,眼睛瞪得牛卵一样,这个家伙还真看不起我的街办企业。"算了,我就接着给老单写信吧。直到解决我的问题为止。"李秀成看出了我的意图,知道我在求他,知道寄给老单的欠资信起了作用,就开始漫天要价了。说除非还让他开车床,否则免谈。我那些糊纸盒做煤球炉的工场哪里用得到车床?我改变口风,说可以让他去做煤油炉子,又说可以让他去敲白铁做挑水的水桶。我越是让步,他的口气越是强硬,让我恨不得扇他几个耳光,像老单那回扇他一样。但我哪里敢啊?我没有办法答应他的条件,只好先告辞。那酒和猪头肉就当给狗吃了，当然我自己也吃了一半。

回头我向街道金书记汇报，说他要求开车床。那个时候车床对于街道书记来说就像核武器一样神秘，根本不是他能解决的问题。由于我走漏了公社的意向，让李秀成知道了自己那一套战法有用，他就一直不慌不忙写信，有时候还早晚各写一封，把派出所所长老单逼到了崩溃的边缘。据说有一天他开着摩托卡到了渔业机械厂里，拿枪指着厂长说，妈了个巴子，你们要是不赶快给我把李秀成的问题解决了，我就在这里开枪打死自己。渔业机械厂怕事情闹大，紧急做了商量，他们没办法改变下放李秀成的事实，决定从车间里拆一台旧车床满足他的要求。

车床是搞到了，一台老式的C-16皮带车床，但是没有地方安置，做煤油炉子、煤球炉子、糊纸盒子，纺竹缆绳索，哪里用得到车床？我想了半天，想到活是有的，温州那时运输主要靠人力板车，车轴上的轴承套很容易坏，以前只能换新的，要是有一台车床就可以车轴承套。金书记那个时候几乎都听我的，就给我找了一个八字桥头的店面，开了个工农兵车床修理铺，边上挨着一个打铁店和木头车辘店。这一个店铺的开张我一点没觉得高兴,有不好的预感。因为我以往开的工场都在城市的角落里,低调到不会让人注意。现在这个车床铺开在八字桥头,成了城里的一个话题。城里很多人没看过车床,闻讯大老远都跑过来围观。李秀成没想到车床真的到来了,心里大概也高兴了一下,总算摸到久违的车床了。他提出开车床以为是不可能实现的事,没想到我真办到了,所以他也不好反悔。车床运到了店铺里面,渔业机械厂来人给安装停当。没想到李秀成又提出古怪的要求,说之前在厂里时车床的皮带轮是悬挂的,现在皮带轮在下方,要改过来。另外他是左撇子,左手摇车刀把,所以车床要掉一个头放置。这些要求都满足了他。

陈渠来老师讲到车床终于安装起来,如释重负一般擦了擦汗水,喝了一口茶。他讲述这段故事都显得那么吃力,说明当时的情况真是很麻烦的。我知道了李秀成的身世和他的遭遇,但我还没弄明白一个最主要的问题:按道理渔业机械厂给了他车床,满足了他的要求,他应该会安静下来,可后来为什么要开始到公共厕所里写标语呢?这事情要说清楚还早着呢,接下来的故事是陈渠来的老朋友老裘说的。

四

说起西郭派出所的单福贵，人们都管他叫单所长或者老单。这里有不对的地方，一个是他其实是副所长，但所里没有正所长，他是最大的，所以都叫他所长。另外一个是他的姓，本来读Shan，不读Dan。所内的人用正确读音称呼他，但所外的西郭民众背后都称他是老单（Dan）。他之前是国民党的兵，打过日本人，淮海战役中他的部队投诚了，加入了解放军，后来南下来到了温州。西郭外一带没有人不怕他，夜里头小孩子哭了，大人只要说老单来了，孩子的哭声马上就止住。他开着三轮摩托车，腰里别着手枪，火气很大，经常打人骂人，上面说到他打了李秀成四个耳光就是一例。但这回他可是踢到了铁板，没想到李秀成这个家伙居然会耍那么厉害的招数。后来他几乎是用武力到渔业机械厂要来车床，才让那可怕的欠资信停了下来。李秀成在八字桥头开了车床铺子，就在他的眼皮底下。老单知道这个家伙是个不好惹的人，内心深处有点怕他，每次从店门口走过时，就远远避开，好像那里是个刺猬窝，是个蝎子窝。他听说这个铺子开了之后围观的人多，生意却很冷清。他心里暗自有点高兴，最好这个家伙干不下去，乖乖滚到文成山地吃地瓜丝去。

但是老单越想离李秀成远点，事情越是找上他。有一天，李秀成的老婆跟人私奔了。

那时候常有做木匠的做裁缝的弹棉花的到居民家里来。打家具一打就要个把月，做衣服的通常一两天，弹棉花的也差不多。这几样都是老百姓生活必需的，上面想禁止也禁止不了。自从被下放，李秀成家里根本没钱去做这些事情。他的老婆闷在家里，没有钱花，只能坐门口看街上的热闹，日子真是很无聊没劲。这一天她看到下面的街上，有个弹棉花的人在做棉胎。那弹花弓牛筋弦的声音在中午炎热的空气里震荡，让她难受，吸引她下去看。弹棉花匠是一个年轻的男人，她自己虽有两个孩子，年龄也才二十六岁。她和他唠起嗑来，很快注意到那弹棉花的人眼睛老是瞟着自己的胸。弹棉花人说起自己过几天就要到外地去，到东北去，那里好挣钱，尤其是一些油田啦钢铁厂啦生意多得很，日子会过得很有趣。这些话听得她心痒痒的。弹棉花的人已经干完了所有的活，本来马上要走，为了她又多待了一天。弹花弓的牛筋弦一直弹琴似的响着，放出一种魔法控制了她。她收拾起东西，跟着弹棉花的人走了。

李秀成带着两个小孩，到派出所里报案。老单在窗内看见李秀成带着孩子进来，就像毒蛇看见了獴，心里矮了一截。他不知道李秀成为什么事情来，就是不想见他，让一个户籍警接待了他。李秀成说老单在不在，我要和他说话。户籍警说老单到局里开会去了，你有什么话就告诉我吧。李秀成说那我就给他写信吧，说完了带着孩子扭头就走。老单在里面听到他说要写信，心里一哆嗦，就咳了咳嗓子，从屋里面走出来。

"找我什么事？"老单说。

"我老婆跟人跑了。"

"为什么跑了？"

"钱不够花，吃不饱，没新衣服穿。"

"你不是又开车床了，不是有工资了吗？"

"工资是有，可是没有户口没有粮食关系，这点工资根本不够用。买米要粮票，买布要布票，买鱼要鱼票，买煤球要煤球票，买豆腐要豆制品票。我什么票都得买黑市的，这点工资怎么够用啊。"李秀成说，"我老婆本来是永嘉山底的，看中我的是城市户口，有国营单位工作。现在我什么也没有了，她就跟人跑了。"

老单本来做好准备，提起精神要和李秀成斗一斗。听了这一些话，他的心就软了下去。他打量了一下跟在李秀成后边的孩子。儿子十一二岁，头上长了两个疖子，流着鼻涕。女儿十三四岁了，一脸冷漠。自从李秀成被下放之后，他们没了户口，一直没有上学。

"那你老婆跑了，孩子怎么办？让你的父母来照看孩子？"老单说。

"我父母早死光了。"李秀成说。

李秀成这回倒显得讲道理，没吵没闹，只是来报告一下，打碎的牙咽到肚子里去。不过他表面上平静，内心其实有一个主意正在形成，他准备要继续斗下去。

老单继续讨厌李秀成。但自从李秀成老婆跑了后，他开始注意这一家子，毕竟是他辖区内发生的事。老单自己有三个子女，五年前他的老婆生肺病死了，死前眼泪汪汪交代他要把孩子养大。老单一想起来心里就堵得慌。他养大三个孩子不容易，所以李秀成的欠资信把他的工资吃掉一部分时他才会那么愤怒，因为那些钱本来都是买食物给孩子吃的。现在他看到两个没了母亲的孩子像油瓶一样挂在李秀成身上，决定帮他一下。他得让小孩子去读书。没有户口公办小学是没办法进的，他就去找一个民办的小学，让他们接收了李秀成的孩子。他还掏钱买了两个小记事本，蓝色的给李秀成儿子，红色的给他女儿。李秀成女儿生得秀气，眼睛清亮，空空荡荡的眼神让他心生爱怜。她进了六年级的班，个子已经比其他孩子大了些，胸脯都开始鼓了起来。

打索巷总是熙熙攘攘，气味浓重，各种货物的臭气加上人身上的臭味。这里什么东西都能卖得掉，什么样的人都能在这里活下去。有一群瑞安桐岭来的买卖证票的妇女，常年不洗头不洗澡，身上有一股难闻的气味，她们一看到老单就像老鼠见到猫一样抱头鼠窜。贩卖证票是犯法的，老单见了她们就抓，可抓了一批很快又来一批，总是禁止不了。老单也知道，这里很多乡下来的没有户口的人总要吃饭总要穿衣，需要粮票布票，就像李秀成一样，得从票证贩子手里买。老单定期来打索巷巡视一下，这里违法的事情太多了，他也只能睁只眼闭只眼。有一天，他在巡查时，看见了一个女孩子的身影，好像是李秀成的女儿。她远远看见老单就像一条柳条鱼一样飞快闪掉了。他想这个时候是上课的时间，她怎么在这里？一定是逃学了，她在这里干什么？老单为此去了民办小学问那个校长。校长看到老单很害怕，说这个学生最近几乎没来上课。老单瞪了他一眼，让他要严加管教。但是怎么管教呢，谁也不知道。

老单在见到李秀成女儿在打索巷出没后总有点心神不宁，他觉得应该去找一下李秀成，虽然心里很不愿意去见他。他本来就有一件事情要去找李秀成，最近这个家伙又在搞一个新名堂，在西郭外一带的公共厕所里涂写"石银池入土匪为什么不处理"的标语。虽然这不是反动标语，但总是个事情。厕所是用来拉屎撒尿的，怎么可以涂字呢？

他到了李秀成的车床店，看到这个家伙和几年前样子完全不一样了，人瘦了，背有点弓了，眼睛一只大一只小，眼神散了，只闷头干活。看他那熊人劲，按照老单的脾气，最想抓住他领口，左右开弓抽他十个耳光。可老单领教过打他耳光的严重后果，哪里还敢打他？只是心里想想罢了。他耐着性子和他说话，从厕所里的标语开始说起。

"我说你小子跟厕所过不去是干什么？老百姓去小便和入土匪有什么关系？你知道我们西郭外厕所少，人口越来越多，居民一早上厕所都要排队。你他妈的这标语简直是谜语，拉小便的人本来就文化不高，得念好几次。他们纳闷，石银池是什么意思？和小便池有什么关系？怎么又入土匪了呢？是不是来这里小便都会被当成土匪？这些人站在那里琢磨半天，小便拉好了还站在那里歪着头念，听说还有人喜欢倒着念，说这是入土匪的暗号。等在厕所外边的人进不来，排成长龙，憋得嗷嗷叫。大冬天的，人都冻感冒了。"

"最好憋死几个人才好。我那么冤，我要户口，你们只给了我一个车床，最终我才知道最要紧的是户口。没有户口就不是人，就是一个鬼魂，比鬼魂还苦。现在我后悔自己坐那条船去参加解放一江山岛的战斗。没有那一件事我不会进工厂，不会被下放，现在至少还是西郭外人，还有户口，还有粮票布票煤球票。我冒着敌人的炮火前进，最后却成了文成山底角的人。我越想越气，心里这气和茅坑里的臭气一样。我就是要在茅坑上写'石银池入土匪'，这样就会臭死石银池。"这个家伙一说起来，眼神发直，口角都是白沫。

老单说不过他，觉得他说得也有点道理。他先按下这个话题，开始说他女儿的问题，说她最近老是不上学，在打索巷江边码头一带出没。江边那一带很多牛鬼蛇神，在那里出没不会有好事情，要他多管教。李秀成闷着头不吱声。

老单在西郭外江边一带有几个线人。有一天开簸箕扫把杂货店的线人向他说了个事，说近来有个十四岁大的嫒子儿在这边很活跃，给一块钱就可以"端手罐儿"，给两块钱就可以"撑雨伞"，城里东门头南门头都有嫖客赶过来。线人说的这两个词儿是卖淫的姿势。"端手罐儿"是男女面对面站着拉下一半裤子匆匆交媾一下;"撑雨伞"是女的在男的身上蹲着来。江边地方人口复杂,过去有瑞安桐岭买卖证票的妇女兼带着做这种事,但都很秘密,没惹什么事。老单不大愿意管这些事,乱七八糟的地方有几只老鼠蟑螂也不奇怪。但是今天他听到线人这话吃了一惊,因为说的不是买卖证票的妇女,而是一个十四岁的女孩子。他问这女孩什么样子的,线人吞吞吐吐,怕说自己见过女孩会让老单认为他上过她。线人发誓说是这个女孩经过他店门口时人家告诉他的。他一说特征,老单心里一沉,知道是李秀成的女儿。

老单有了心事。他要管这个事,要是普通案子倒好办,把女孩子抓了送到少年管教所去就可以。但他要救这个孩子。他开始注意李秀成女儿最近的行踪,有人说她夜里经常在街角馒头店的大炉子后边睡觉。炉子夜里灭了火,炉膛的热度还有,靠在后面可以抵挡冬夜的寒冷。老单在馒头店对面守候了一晚上,夜里十点多看到李秀成女儿过来了,扎着两根小辫子,穿着红色长筒袜,一双带扣的人造革鞋子。老单堵住了她,她跑不掉,就顺从地跟着他。老单让她坐在摩托车里,突突突开出了打索巷。她还是第一次坐摩托车,脸上很兴奋的样子。老单没有带她到派出所，到派出所就要登记，那样李秀成女儿就有了案底，名声就不好了。他把她带到了八字桥头那一家面店，走到了里面的一个桌子边。他叫了一碗面给她吃。面店的人倒了一碗白开水给他喝。

李秀成女儿把面吃完了。她说读书没意思，说自己吃不饱，没新衣服穿。最后说想妈妈，想要去找妈妈，可是没有钱，要挣钱去找妈妈。老单见她一只手老是捂着口袋，问她口袋里是什么，是钱吗？她说不是钱。老单让她把东西掏出来，发现是他送给她的红皮小笔记本。老单一看到这个本子心里一热，这个孩子带着这个本子说明她还是想着读书的。他要翻翻这个本子，她死活不让，很惊恐的样子。他最后还是翻了，里面是一些记录，歪歪斜斜写着一些人的名字，都不是全名。大部分是绰号，或者是人的特征，也有的是画了个记号。比如"大鼻头""烂脚朋""矮人""阿木""进华""戴西瓜帽的人""板刷头""开车的白头发老头"。老单知道李秀成女儿写的都是玩过她的人，有一百多个。老单看到有一个"眯眼春"的名字，问她"眯眼春"是谁，是不是江边老人亭里讲故事的那个人？李秀成女儿点了点头。老单心里一股怒火冲了上来。这个"眯眼春"是个受管制的地主分子，靠在老人亭讲聊斋故事过日子的，西郭外的人都知道他。老单强压下怒火，好言好语和李秀成女儿说话。说她这样是找不到妈妈的，妈妈知道她这样会很伤心。以后妈妈一定会回来的。老单要女孩子答应回到家里，以后再也不在打索巷一带流窜。女孩点点头答应了。老单开着摩托车把她送到了郭公山脚下教场头23号的家里。

这个时候都半夜十二点了，老单发现李秀成不在家里。他儿子一个人睡在床上。问他儿子爸爸去哪里了，儿子说爸爸每天都是深夜才回来的，不知道他干什么。老单让两个孩子去睡觉，自己坐在屋里等李秀成回来。凌晨一点多钟，李秀成推开门回家了，身上一股厕所的臭味。

"你到哪里去了？"老单问。

"去写标语了。"李秀成从水缸里舀了一勺水，咕嘟咕嘟喝起来。

"西郭外的厕所都给你写遍了，你还写什么？"老单说。

"我现在开始在市中心写了，接下来还要到东门，到南门头那边去写。"

"你他妈的有完没完？"

"没完。除非让我的户口迁回温州。"李秀成冷冷地说了一句。这个家伙现在看起来什么都不怕了。

"听着，你女儿出事情了。"老单说。他耐着性子把她在打索巷一带的事情说了。他说再这么下去，他只能送她去少年管教所。他要李秀成照看好子女，别他妈的老是到公共厕所去写标语了。

"都是石银池害的。"李秀成嘴里蹦出一句话，眼睛发出凶光。

五

西郭派出所在一座以前的洋房里，西式的门台很好看，钢筋水泥的，还雕着花。里面的结构倒是中式的，有天井，还有厅堂。距上面所说的事情两天之后，也就是星期四的傍晚，天黑之后，一个个人影闪进了派出所里，在长着青苔有点湿滑的天井里站立着。起先只有几个，低着头在夜色中交流耳语。慢慢地人多了起来，有十多个了，站成一排，像电线上的寒鸦，不过头都是低着的。老单坐在办公室里，能看到天井的人影。这天是辖区内受管制的"四类分子"一周一次的点名日，是一个让他们战战兢兢的日子。要是这一周里他们做了些什么不能做的事，那就更加要准备吃点苦头了。

晚上七点钟,老单从屋里走出来。第一句话就是:

"'眯眼春'来了没有?"

"来了,指导员。""眯眼春"赶紧回答。这些管制分子叫派出所的人都叫指导员。

老单抄起一把扫把,走到他跟前。这人就是李秀成女儿本子上写的那个"眯眼春"。

"把头抬起来。"老单说。这个家伙把头抬了一点起来,是一张像老鼠一样的脸。老单挥起了扫把柄,重重打在他的嘴上,只见一排牙齿飞了出来,看不出是真牙假牙。"眯眼春"惨叫一声,趁机倒在地上找牙。"四类分子"们因为经常挨打,有了一条经验,倒在地上会好一些。老单平常的话打几下就会放过他们。但是今天不一样,他挥动硬木的扫把柄大力抽打在"眯眼春"骨瘦如柴的身上,越打越气,因为"眯眼春"很有经验地在地上打滚躲避,他开始用脚头踢。他穿的是公安的大头靴子,鞋头内包有钢板,很重,所以踢在"眯眼春"腰里,每一脚都发出断裂声。值夜班的几个民警平常有见过老单打人,那只是教训式的,但今天有点不对,老单在往死里打,再打下去真会出人命,所以过来把老单拦住了。"眯眼春"倒在地上满脸是血,已经昏迷不醒了。后来拉到医院里救了回来,腰里的肋骨断了五六根。虽然"眯眼春"是地主，公安局里还是有纪律的。老单被谈了话，受到一次严重警告处分。本来那段时间公安局政治处准备把老单的副所长转为正所长，但这次打人事件让政治处主任改变了主意。老单档案上加了一条记录：该同志国民党兵的打人习惯还没改，不宜提任正职。

"眯眼春"差点被老单打死的事情很快在江边传开来。再也没有人敢碰一下李秀成女儿了。线人后来说她不见了。老单一直闷闷不乐，知道这件事情难办，一个女孩学坏了后，很难变好。要是她在打索巷一带江边倒好些，他可以监督到。但是温州江边很长，一直到朔门朱柏，有很多码头，有各地来的打船人生意人，她要是到了别的码头可就麻烦了。他后来经常在西郭江边巡走，都没有看见女孩。线人说她再也没有来过。

六

后来这事发生在夏天，地点在距离打索巷约五公里的蔴行街一带。这里有风景点江心屿的游客码头，还有多个通往江北岸各地的客船码头，人员流动量比西郭外大很多，一天到晚都闹哄哄的。不过在夏日中午日头最毒的时候会有一阵子冷清，码道上几乎看不到人。天太热了，人们都躲屋里避免中暑气。

这天不知从什么时候起，码道边榕树下出现了一对竹子编的箩筐，上面还横着一条扁担。距离这地点最近的那个卖陶瓷盆碗的店家后来回忆说，他最早是十二点左右看到树下出现这个担子，以为主人在树荫下某个地方睡觉，就没在意。差不多下午两点左右，日头稍微西斜，热气渐减，人们开始出来。他看到那对箩筐还在那里，没人理睬，就和店里一个伙计说了。那个伙计爱管闲事，说过去看看。当他走近了这对箩筐，闻到有很重的血腥味，箩筐上面有一群绿头苍蝇在嗡嗡地飞舞着。这伙计打量了周围，叫着：这是谁的担子？叫了几下没有人回应。他就把一个箩筐上面的竹编盖子打开，一看里面全是"索面"。索面是永嘉山底的特产，面里面加了大量的盐，容易储存，温州人家坐月子时都用索面汤招待来贺喜的客人。那年月的人对于食品特别有好感，两箩筐没有主人的索面岂不是天上掉下的大馅饼？伙计把箩筐上面一层的竹篁端起来，想看看下面是什么。他第一眼看到下面全是肉，白花花的带着血丝。但是不对，怎么这么白？是什么肉啊？他放下了手里的竹篁，仔细看箩筐里面的肉，用手翻了一下。天啊！他看到了一只人的脚！顿时大叫起来。接下来，派出所的人闻讯赶来。这是个恶性的大案，市公安局刑警队人马赶来了。两个箩筐里装了九个尸块，没有头颅，是个年轻的女性。

陈渠来的朋友老裘一说起这个事情，我马上就知道这是上世纪七十年代温州最有名的"九段分尸"案件。温州治安一直很不错，凶杀案件很少，更没有听说过分尸的案件，所以消息一传开全城轰动。这个案件一直没有破，公安局为了破案需要封锁了消息，不走漏一点风声，死者身份都没透露。这个案件对我们那年代的人来说是一个很重要的记忆。

"知道吗？这个'九段分尸'的死者就是李秀成的女儿。"老裘说。他的眼神里有一种特别的光，好像进入了当年的场景。

"天哪！怎么会是这样。"我差点惊叫起来。原来"九段分尸"案和我调查的事有关系。历史里面竟然有这么神奇的联系，一个著名的案子连着另一个。我听老裘接着说下面的事情，陈渠来把老裘叫来真是太对了。

案发地点属于海坦派出所辖区，所以老单不是第一时间知道这个事情的。他在收到市局的案件通报之后，就预感会是李秀成女儿。老单向公安局刑警队提供了李秀成女儿的线索，刑警后来找到了作案的第一现场，在江边一处偏僻的芦苇丛里，找到了死者的头颅和衣物，还有那本红色的记事本，确定了死者就是李秀成的女儿。当年公安部门破案的力度很大，省公安厅都派了专家过来，但是最终却没有破案。

从李秀成被下放丢了工作和户口，到老婆跟着弹棉花的人走了，再到女儿被残害分尸，经历了十来年时间。在他遭遇命运逆转的初期几个事件里，每一次他都会用尽全力反击。但是面对女儿被惨杀时，他显出了不正常的平静，没有人看见他掉一滴眼泪。那时他人还活着，心已经死了。古人说哀莫大于心死，说的大概就是这种情况吧。但另外一方面他却是生命力异常旺盛，一门心思全在写厕所标语的事情上。他已经开始在全市范围内的公共厕所小便池上写标语，他成了一个城市的传奇，一个像佐罗一样夜间行动的黑影。那段时间他的笔迹清晰，字体遒劲，书写充满激情。那时候没有奥运会，没有G20之类的国际活动，没有城管局的人管理市容，他自由自在地写遍了全温州。正是有这么一个出气口，有这么一个坚强的梦想，他活了下来。

这一天上午在陈渠来家里我了解到很多情况。因为我提了很多细节问题，结果说到中午事情还没说完，而中午陈渠来有个当年的老工友会餐，第二天又要到丽江旅游。所以我们只好先把话题按下，说等过两个礼拜他旅游回来找时间再说。

七

　　我现在回到温州，每天会在九山湖边走走路，这里是我非常熟悉的地方。小时候我经常在这里钓鱼钓虾，湖里有很多水蛇，湖边有一个厕所。有一回我和院子里几个小孩跟着一个有一杆气枪的中学生去九山湖打鸟，有一个小孩掉进了粪坑，在湖水里洗了半天回家还满院子臭。现在我在湖边走路看到当年那个厕所还在，不过翻修得像个古代书院。九山湖如今成了公园，很多人在湖里冬泳，松台山下有唱卡拉OK的，有跳广场舞交谊舞的，还有好些个有着葡萄藤架子的茶座。我常去古代书院一样的厕所方便，门口小屋内住着管理厕所的人一家子。厕所很干净，小便池前是雪白的墙，上面挂着"向前一小步，文明一大步"的宣传牌。每次到了这里，我脑子里总会出现当年墙上"石银池入土匪"的标语，觉得那种气味还在那里。

　　我每天走路有固定的路径，经过一部分水面，一部分树林，然后在松台山脚下那一个大圆盘绕弯，总共要走二十个圈。这大圆盘是政府建的，像古希腊的露天剧场，但不知道怎么去使用，一部分的位置长满了草。但是朝着太阳的一面，每天有很多上了年纪的老人坐着,前面总会有个人在讲什么东西。这段时间我沉浸在李秀成的事件里,尤其是得知"九段分尸案"居然是李秀成女儿的事,整天觉得神情恍惚,还老有一种被人跟踪的幻觉。我心里经常出现里尔克《定时祈祷文》开头的几个诗句:我生活在不断扩大的圆形轨道,它们在万物之上延伸。最后一圈我或许完成不了,我却努力把它走完。

有一天我发现了自己为什么会有一种被跟踪的幻觉,因为在圆盘剧场上坐着的一群老年人中间,有一个老人在观察着我,而且他一天天接近了我。他之前是坐着的,每当我经过他前方时他就会站起来,好像是被我走动时的力量带动了。我看到这个人挺老了,个头很大,脸盘也很大。这种感觉让我心里不快,所以我将本来上午来这里走路改成了下午五点。这个时间圆盘上坐的不再是老年人,而是一大群唱歌跳舞的中年人。唱歌的人有的唱得很难听,也有唱得不错的,有时还有人表演乐器。有一天一个吹萨克斯管的吹得挺好,让我忍不住坐下来听听。

就在这时我突然觉得后面有一种气味,好像一只野兽的气味从身后传过来,让人汗毛直竖。当我转过身来,就看到上面说到的那张老人的脸,巨大的脸庞,带着灰白胡楂子,布满黏液的眼睛。他离我很近，嘴里的浓重气味扑过来，让我躲避不及。他冲我笑着，说：

"你是陈同志吧？"一口浓重的山东口音。

"是啊，您怎么知道我呢？"

"我知道你在审查'石银池入土匪'的事情。"

"这哪来的话呢？"我说。

"你知道吗？我就是石银池。"老人这么说。

老人说话时我感到这话是那么熟悉，我之前书里根据梦境虚构的石银池就是这样说话的。我还发现他的脸和我梦境中那个人是一样的，超越了时间年龄的变化。我注意到一件事情，他抬手擦了一下眼屎，手背上有一个青色的文身。陈渠来的叙述里没有提到石银池的文身，但是在我十几年前的虚构小说里，我准确地写出了他手背上有一个文身的图案。

"你看，我就是石银池，这是我的身份证，上面写着我的名字。"他说着，伸手掏出身份证给我看。上面写着"石银池"。照片也是他，比现在年轻一些。毫无疑问，他是真的石银池，比真的还要真，有神奇的穿越性。

"真没想到还能看见您本人，您就是我们温州的联合国教科文组织非物质文化遗产啊。我们那一代人都是念着您的名字长大的。"我说着。能遇见石银池真是神奇的事，我的思维定式会觉得他是过去历史中的人，好像早就死了一样。但有些事情和你想的不一样。比如温州过去有个很有名的公安局局长，"文革"中经常听到他的名字，可是二十世纪九十年代时他居然在远郊的木材厂门口看自行车。我们都在时间的圆圈里打转呢。

"你一直在调查我的案件，你找到了什么证据吗？"他脑筋肯定有错乱，说了一通话，以为我是法官，中央来的。他坐了下来，是一部轮椅，十分威严庄重，像斯芬克斯石像。是的，我再次重复一句，我找到了最合适的语句：他就是我们温州的世界级非物质文化遗产。

这时候我看到了他身边的人，是他的女儿，个子很高，皮肤松弛，眼睛有点暴出。是她给他推轮椅做护理的。石银池说了一些话后，口齿就不清了，直流口水，脸涨成猪肝色，呼吸困难。他身边的女儿熟练地应对，拍背，擦口水，然后喂他吃流食，慢慢让他安静下来。他很会吃，一直吃，要让他停下来不容易，所以躯体会那么庞大。

她叫石春兰，接下来都是她对我说的话。

"大概是从去年初，我爸爸开始很反常。每天要在这个圆盘里等待，看着圈里面走的人。他说有一个人会在这里出现，和他的案子有关系。我说：是当年那个写标语的人吗？他说不是，是一个写书的人。我爸爸有一个习惯，一直看《温州日报》。当年他就是一张报纸一杯茶上班过日子的人。他说从报上看到一个消息，一个作家来了。这个作家写了一本叫《布偶》的书，书里提到他的事情，说报纸上有一大版文章，还有作家的照片。说他昨天好像看到这个作家在松台山山脚下出现过。但是后来一年多时间，他在这里都是白白等待，他每天都要来。冬天下雪了也要来，下雨天也要来，可他说的人一直没有出现。后来我突然想到，应该把这个作家的那本书买来看看。我是认识字的，但是看书不大会。后来我在新华书店里找到了这本叫《布偶》的书，对，这书是你写的，看到书里面真有一段写到一个人在厕所里看到另一个人在写'石银池入土匪'的标语。我爸爸就这样激动着，说看看，这个作家一定是中央派来的同志，要给我平反。我说你根本没有什么'反'可以平，你现在是离休干部，上级从来没有怀疑你是土匪。就这么等待着，足足过了一年多，上一个礼拜他突然告诉我，他等待的人来了，每天都在圆盘这里走。于是我们就看见了你。我把报纸上的照片和你对照了，真的是你。但是爸爸不敢惊动你。每天只是看看你，怕你会走掉。他每天就这样激动着。我坚持要他来找你。最后他总算同意了,今天和你说话了。"

石春兰这么一说,我真的想起来一年多前那次《温州日报》的采访,是在华侨饭店的大厅里。我和记者说到温州往事,说到《布偶》里写到的那个厕所里的梦境。很奇怪,现在这个梦境引导着我正在接近梦境的源头。

"这件事情最好是让我爸爸自己和你说。但是他现在说不清楚了,思维错乱了,医生说他脑子萎缩了,像核桃一样,摇起来会响,所以只好让我来说说。你知道,我们不是温州人,爸爸老家在山东沂蒙山。爸爸那时是南下干部,所以我家里条件蛮好,经常可以吃饺子,学校里同学对我都很羡慕。我说不出我的毁灭是怎么开始的,只记得有一天上课的时候,班里的一些男同学偷偷指着我笑,嘴里念着'石银池入土匪'。我知道他们在念我爸爸的名字,在温州念一个人爸爸的名字等于是骂人,而且还加上'土匪'两个字。我气得很,那时我是五中田径队推铅球的,山东人嘛,个子长得高,温州人都说'山东老鼠三百斤',我的力气大,抓住一个男生就打。他争辩说这话不是他编的,所有的厕所里都这么写。我说没有,我上厕所时根本没有看见。他说男厕所才有。为了看到这一条标语,我跟在这个男同学后面,进了男厕所,真的看到了。从那个时候开始我的幸福就没有了，少女时代没有了，青年时代也没有了，一下子就进入了更年期。

"我之前对这件事情的来龙去脉不知道，就问爸爸怎么回事。爸爸说当时上面有指标任务，厂里要下放几个人，要挑政治背景好的工作积极的。话虽这么说，到真正挑选时，人总是会把那几个看着不顺眼的给挑出来。可没想到我爸爸碰到了一枚生锈的锋利的钉子。我爸爸后来的灾难从此开始了，他成了温州最有名的人。厂里人背后都叫他土匪，看着他就笑。最可怕的是他再也不能去公共厕所小便，一看到上面写的字他就气得撒不出尿来，只好蹲着小便，人们为此又取笑他是太监。那时政治生命最要紧，有一次地区轻工局局长来到厂里视察，说了一句话：听说你们厂里有个土匪科长？这话是随便说的，但是这句话成了我爸爸一生的负担，他一定要找到局长说清楚，要为自己的土匪名声平反。可那个局长调走了，调到了外地，再也找不到。他一直在找那个说他是土匪的局长，一直写信给上级，要求平反。可是他的历史非常清楚，从小参加革命，从来没有当过土匪。但他就是不死心，一直要平反。后来他明白了，都是自己名字不对，应该把名字改掉。他想改成石红军、石革命、石卫红。但是派出所的人说根本不行，万一你是美蒋特务怎么办？名字是绝对不可以改的。虽然户口改不了，我爸爸还是把自己在厂里的名字改为了石解放，但是人家还是照样叫他石银池。后来上级认为我爸爸的脑子有了问题，不宜再当科长，让他到仓库当了保管员。他五十多岁时心血管就出了毛病，中风了几次，半身瘫痪，提早退休了。到了八十年代初，国家有了离休干部制度，他享受了离休干部的待遇。后来的待遇倒是很好的，每个月工资一万多，还有各种保健费、旅游费。可是，这些待遇对他有什么用呢？他只能喝一点流质的糊糊了，每天还在想着平反的事。

"可真正受害的还是我啊。我在学生时代受到了孤立，人家都躲着我，好像我身上有厕所的臭气，好像我身上写着那句话。后来温州有了知青去黑龙江的运动，很多人是没办法才去的，而这对我则是一个天大的好机会，我多么想离开温州这个地方。我报了名，后来就去了东北，那个地方叫七台湖，温州很多知青都在七台湖。我在那里呼吸到了新鲜的生活空气，总算开始新的生活。但是不久，灾难来了，温州知青在东北时间一长，心里就苦闷，思念家乡。他们最思念家乡的居然是那一句标语，于是他们就在七台湖的公共厕所都写上了'石银池入土匪'。东北那时落后，厕所是不分男女的，结果不只是男知青，连女知青也看到了。女知青上厕所居然也说去石银池。很快知青们知道了我是石银池的女儿。虽然没有人当面取笑我，但我知道他们心里是看不起我的，自然而然我又成了一只孤雁，比在温州时还孤独。七台湖天气特别冷，生活很艰苦，知青们苦中作乐只有谈恋爱，大家都离开了故乡，离开了父母，男男女女接触机会多，可以自由谈恋爱，谈恋爱可以减轻苦难。几乎所有人都成双成对了，可就是没有人看上我。后来我总算遇到一个男同学，他比我晚一年到东北支边，也是五中田径队推铅球的，力气和个子都很大，只是脑子不大好使。他见到了我很高兴，和我很亲近。那时我正是青春期，很想和男的亲近。有一天我把他引到我的宿舍里睡觉，夜里都好好的。早上起来时，我看到他在闻我的衣服。我问他干什么，他的脑子很简单，一点都不会弯弯绕，说别人告诉他我身上有小便池的味道，他要闻闻是不是有这个气味。我当时气得发疯了，提起一桶冷水浇到了他头上。

"这以后，我的日子就越来越不好过。我再也不和温州知青来往，和七台湖当地一个农民结了婚，生了孩子。他倒根本不在意也不知道什么石银池入土匪之类的事。他是一个能干活的老实人。可是后来知青都回温州了，我也开始想回温州，因为七台湖太苦了，实在待不下去。结果就回了温州。东北的老公恨我，和我离了婚，孩子也留在那边。我到温州后就没再结婚。我爸爸那时已经半身瘫痪，得有人照料。我的生活倒是没问题，他的离休工资和待遇都非常好，只是他和我的一辈子都毁在了一条标语上。当然现在再也没有标语的事，温州人已经彻底忘了这件事。今天我能把这段事情给您说说，也算给温州的历史留个见证。"

八

过了半个月，陈渠来从丽江旅游回来了。我在温州的日子不多了，过几天要到外地办事，所以这一天我们在一个茶室见了面，他的朋友老裘师傅没有再来。不知出于什么样的心理，我没有告诉他我遇见了石银池的事。陈渠来接上了之前的话题，但像录影机按下快进键，一下子进入一九七七年。

下面是他的叙述。

一九七七年下半年，我接下了东北油田一批模具的订单，是乐清人接来的业务。乐清人很早以前就全国到处跑，修鞋的，弹棉花的，开理发店的。他们脑子活，能用各种办法赚钱。你总知道我们本地人吃的"水潺鱼"吧？这种小海鱼真名叫龙头叭，鱼头的样子很像龙，过去都是晒成鱼干油炸起来下饭的。听说乐清人在新疆把"水潺鱼"涂上金银颜色，说成小龙，能治百病，几百块钱一条卖给当地的人。他们很早开始在东北接阀门业务，在东北的油田只要搞定某个掌权的人，就可以拿到合同。除了送钱送物，年轻女的陪喝酒，之后就上床。这些北方的科长厂长从来没见过这么好的事情，都愿意和乐清人做生意。他们就这样拿到了业务，什么业务都敢接，接了再说。一个之前在乐清乡下种地的老兄跑到戈壁沙漠里一个军队基地工厂，傻乎乎说要接业务，基地里当官的开玩笑说我们做原子弹的，你们接不接业务？这个没文化的人嘴巴咧开像拉链包一样，说好的好的，我们最会做原子弹模具。

就这样，有一天我从一个乐清人手里接到了一个二手的业务合同，加工一批车床件。你不会知道我接下这个业务后的复杂心情，因为这种异地业务是非法的，当时做这一批管件，就像今天在家里做军用步枪的枪管一样危险。但是，把它做出来了，可以拿到上万块钱，那年头工资三十多元算高的。你知道，之前我办了那么多年的工场企业，所有的钱都经过街道办事处，除了多报销点出差费，都没有敢把钱放自己腰包。而这回这个业务是我自己的,这就像是老鼠看见了笼子里的肉,想进去吃又不敢进。乐清人本来是农民,是赤贫,没什么损失。可是我不一样,本来成分不好,好不容易有点办法可以谋生,要是出了事情全家都会毁了,所以会特别小心,特别害怕。

但是我还是决定去做,因为当时情况已经有所变化,很多地下私营工场正在偷偷出现,像蘑菇一样。我多少也认识了几个人,信息是有的,知道温州有些人已经搞得很大,我如果还一直陪着那些妇女和智障人士做做煤球炉子,很快会被人笑话,以我的本性总是想做点有意思的事情,拉屎也要拉个花样。我接了这一批活,第一个要落实的就是车床。车床算是大型机械,我的工场里没有,只好找挂靠我名下的李秀成。一个晚上,我在他快关门的时候到了他的店里,约他一起到八字桥头的红星点心店吃饭。我偶尔会和他一起吃饭,炒一盘猪肝,喝一两斤黄酒,吃完饭开发票,黄酒写成米饭,我可以想办法报销。我喜欢和他聊天,其实某种程度上我和他是很相似的人,所以有点气味相投。他最近车床铺开票的数字越来越少,算下来他一个月收入都不到三十块。

"最近你的活忙不忙?好像开单子很少了。"我和他这样说,企图把话题带到他缺钱上面。

"没活干没活干。"他喝着闷酒，心不在焉应付着我。他眼睛不时看着外边黑下来的天色，还瞟着我手表，想看时间，好像等着要走。看得出随着天黑下去，他渐渐显得兴奋起来，像是丛林中的动物，夜色降临就会从昏睡中苏醒过来。

"我们认识十几年了。你看，头发都白了好多。"我引导着话题，转到了正题上。"我们一起挣点钱吧，时代有点变了。我有一批零件得马上做出来，白天不行，得晚上做。我们对半分成，你五块我也五块。"我说，其实一件车件我可以拿到二十块。不过给他五块已经很高了。

这个家伙凭着本能知道还有余地，把价格说到了七块。但是他有个附加条件，说夜里他得有几个小时的时间去做他的事情。我说，你他妈的就不能放一放吗？他说不行，这个事情他一定要做。

第二天晚上我和他开始车这批管件。这批浇铸钢管我是从邻近大荆的温岭那边订来的，刚刚运过来，上面都缠着稻草绳伪装，就像抗美援朝志愿军大炮上要披上树枝一样。我都不敢叫别人搬运，怕被揭发，天黑后自己把东西搬上了三轮车，上面还盖上帆布，拉到了八字桥头李秀成的车床店外边。我把今晚要做好的一批车件毛坯搬进来，一共十件，然后我们就干了起来。我不会干活,手臂没什么力气,不是干活的料,只是在边上看着他。我看这个家伙做车床还是挺利索的,左手摇刀把子,车刀下面铁屑像卷笔刀一样卷出来。

干到了十一点钟。他停了下来,说要去做他的事儿了。我说今晚时间已经不多,我们一定要把已经运来的车件车出来。但这个家伙脑子一根筋,说停就停,不管我如何威胁,发狠怒骂,他只管跑到外边,骑着自行车走了。幸好我的自行车也在这里,跳上了车跟着他。今晚的活不做好,明天白天毛坯还在这里,万一被人发现会出事情。我要跟在他后面,等他干完了事就拉他回来继续干活。这家伙骑车一进入夜色下的街道,模样就起了变化,有时他的姿态是屁股撅起头沉下,有时又是挺着胸,头往后仰,一头乱发也就飘了起来,好像夜色里他是骑着一匹什么白龙马似的,我得死命骑才能跟住他。这家伙为什么这么激动是有原因的,因为有一家新的厕所今天开始使用了,是在南塘那边,距离八字桥很远,有十几公里,鬼知道他对全城的厕所情况怎么会这么了解,就像非洲草原的角马会知道很远的地方草长出来了而赶过去吃一样。

果然有一个新的公厕,虽然比较小,但是在小便池上方有一面又白又新的墙,他一丝不苟地用一支工业用的炭笔写下了

"石银池入土匪为什么不处理"这个完整的句子。那个时候他已经不在句子里加逗号和问号了,反正人们都记住了这句话。温州城区那时不大,政府市政开支很少,建一个新厕所是不常有的事情。写好了字,我以为他就可以回来了,但并非如此,他夜间最主要的任务是养护他的标语。小便池上方的墙壁很湿滑,会产生白色的尿素结晶体,他写的字时间一久字迹都变得模糊了,他得补上笔画,这个比新写要难。很多厕所没有灯,他自带了手电筒。有的厕所没有小便池,就是一个倒粪的坑,呈漏斗形的,他得保持平衡,一脚踩空就会顺着漏斗滑到下面大粪池里。我看到这个家伙似乎会轻功,能踮着一寸宽的池沿进入正对路边的墙根,补上被粪便分解出的浓重的化学气体所侵蚀的文字。这一夜到了两点多钟,他总算跟我回到了店里。他的身上沾上了粪水,散发着恶臭。天亮之前,在我的监督下他总算把这批东西做了出来。后来的十几天都是这样,他都要外出几个小时。这批活最后还是搞了出来,我和他结了账,发誓再也不和他合作。

事实上我后来真的没有和他合作了,和这样一根筋的人做事我每天脑子要死掉很多细胞。我很快找到瑞安那边的车床,C620齿轮式的,比较先进。那几年,温州地下的作坊就像雨后树林里的蘑菇一样长了出来，或者说是雨后春笋般地成长起来。

从表面上看，这回上头好像要放开私营经济的样子。但我见得多了，大鸣大放一开始也是这样的。但温州人可不管上面会不会翻脸，只管干开了，以前小打小闹的都有了规模。我之前办街办企业算有点名的，现在变得很落伍了。但是我还是越来越小心，不是做不大，而是害怕。乐清那边出现了什么八大王，有螺丝大王、电器大王、五金大王、旧货大王、翻砂大王、矿灯大王、线圈大王等，一个个都很强大，都公开干了，好像已经到了为所欲为的年代。

让我没有想到的是，李秀成这家伙也成了大户。他那台车床摆在马路边，很多做业务的人都私下和他接头，让他加工零件。这一次，就像当年那条船被解放军征用解放一江山岛一样，他的运气又来了。这回他不会把前进挡当成倒挡挂错了，方向认得很准。事实上这个家伙脑子很精的。他把街边的车床店交给了儿子管，自己在乐清柳市开了个工场，买了新车床，还有其他几台机床，成了磨具大王。

当时还发生了一件对李秀成来说很重要的事。乐清柳市这个地方为了吸引他这个能人，同意把他的户口从文成乡下的下放地迁到乐清来。他起先还看不上乐清，因为这个地方的人说话口音很重，在他眼里还是乡下。但最后觉得毕竟给的是城镇户口，会发给他所有的票证。他已经吃了几十年的黑粮，当了几十年的黑人，现在终于重新成为城镇的人。他在乐清讨了个新的老婆，买了一大块地，足足有两亩，盖了三层楼的房子。他迁回户口那次摆了酒，我也去参加了。看到他屋子外围着高墙，院子大得可以停十部汽车。我中学时读过契诃夫的小说《醋栗》，还记得那个主人公最终拥有了梦想的庄园，觉得和李秀成的情况很像。

温州这个地方渐渐在全国有点名声。但这只是暴风雨到来之前的海市蜃楼而已。

九

那年突然就来了一个新的地委书记，是从外省调来的，做事雷厉风行，快刀斩乱麻。他官职是副省级，比地方官高一级，基本上一个人说了就算数，听说是中央派他来扭转温州的乱局。果然他来了后，当地老百姓说来了清官，高兴地看到投机倒把的有钱人开始倒霉了。普通老百姓工资才几十块，他们凭什么挣几万块？真是不杀不足以平民愤。新的地委书记到来一个月之后就开始严打，他的一个有名的手段叫刮"红色台风"，就是夜里公安派出所和民兵联防队到每家每户查户口。很快就抓了一批，第一批要枪毙的有二十五个人，布告栏都贴不下。陈渠来说的事情我都有印象。记得枪毙名单里有"飞鸽牌供销员"金飞云，有高频电机厂厂长梁天林。陈渠来说梁天林这个家伙有点该死，自己本来是厂长，把厂里业务拉给了自己。但金飞云很冤枉，这件事情他很清楚。金飞云是一个管理人才，之前云南一个县里的电镀厂老是死人，请他去调查，他发现里面有过多氰化物。他改进了工艺，结果救了这个厂，也救了很多人。这个厂后来成了那个县里的主要企业，请他去管理。当然工资会高一些，还给了三万块奖金，结果他进了死亡名单。

记得那一批名单里有一个退伍军人小伙子，叫罗跃进，名字很好记，罪名是"专刺妇女大腿"。这个罪名让市民十分兴奋，很长时间内都用来相互调侃。罗跃进的犯罪事实是一个晚上在东门涨桥头用水果刀接连扎了好几个女性的大腿。按照现在的看法，这个人可能有精神病，而精神病通常要从轻处理的。我还清楚记得当时城里枪毙他们的情形，大概和清朝时差不多，五花大绑游街示众。大家争相去西山那边的刑场争夺位置观看枪毙。听说一个女人因为通奸害死了老公，也在这次枪毙之列。她是非常漂亮的，虽然被五花大绑还是非常漂亮。她不能说话了，对着行刑的武警张大嘴，看着他。枪毙时，子弹从后脑穿过，从她张大的嘴里出来，完整地保住了她那张漂亮的脸。

李秀成是后来被关起来的。他的业务都在乐清那边，所以来抓他的是乐清县"打办"，全称是"乐清县打击投机倒把办公室"。这个家伙死到临头还自高自大，觉得自己是温州市里人，看不起县"打办"的人，认为他们是乡下人。柳市这个地方当时还真是乡下，连一个公共厕所都没有，都是露天搭建的茅房，在热天里猛烈的臭气成了毒气浮在街面，路上那些鸡鸭都耷拉着脑袋，好像会被毒死过去一样的。这一种没有墙的露天厕所让他不屑去写标语，觉得不配他高贵的笔迹。他被关到了一个招待所里隔离审查。"打办"的人给了他一大摞印着抬头的纸笺。这家伙一直没机会写标语，这一下倒好，在纸上写了起来。一张纸写一个字，连起来贴到了隔离审查室，满屋子贴上了"石银池入土匪"。审查人员来审问他，他还火气极大，拿起墨水瓶猛地砸到了墙上，墨迹四散，在墙上形成了菊花状。"打办"的人把纸张和笔都拿走了，把墙上的标语也撕了。

听说第二天再来的时候，墙上又写上了大大的标语，很臭，这家伙用自己的大便在墙上涂的。这只是传说，不知真假，也许是编造的，但我觉得以李秀成的德行来看好像有这个可能。

后来他的案子转到了温州，人被关到了"四科"，"四科"就是地区公安局看守所。关于他被关在"四科"里面的故事流传下来的很多，监狱里的犯人得知他就是写"石银池入土匪"的人，都对他十分崇拜，因为他在所有人眼里就是个名人。没有人敢欺负他，大部分人对他很友好。看守所里没有公共厕所，每个监室里有个马桶，犯人们都在马桶上面写上了"石银池入土匪"。为了报答难友对他的支持，他为他们写各种申诉信件，这些信件其实都没寄出，全进了监狱的焚烧炉。李秀成没有为自己写信，他没有了耐心，想用最快的办法离开监狱。他开始装病，说肚子痛，吃不下饭，他连续一个多礼拜每天只吃几口饭，人很快瘦得像骷髅。犯人们都帮助他实施计划，对狱警说李秀成快要死了。监狱的医生听从了犯人们的意见，认为李秀成得了绝症，决定带他到温州第三医院做检查。这天到了医院，李秀成说肚子痛得受不了，要拉肚子。狱警看他都瘦成这样了，又不是有危险的刑事罪犯，就开了手铐让他进了男厕所。事先狱警到里面查看了一下，厕所只有一个门，进出都在他们眼皮底下。狱警在外面抽了一根烟,还没见李秀成出来,就进去找,却不见了他的人影,他已经逃跑了。

狱警不知道,让李秀成进入厕所就像让一条鱼进入河里。他十几年来在温州市区厕所里出没,知道每个厕所的结构。他在黏滑的厕所墙壁上能像壁虎一样爬行,厕所内的浓重臭气像祥云一样托着他上升,他很快就从第三医院厕所的排气窗逃了出来,顺着后面的岑山巷溜走了。脱离险境后,他先到江边郭公山上一个树洞里挖出预先放在那里的一万块钱。这笔救命钱是他前段知道形势不好,做了些准备,这回真的用上了。他之后坐拖拉机到了大荆,再到金华,跳上了火车,一直坐到了最远的地方——内蒙古的鄂尔多斯。接下来的事情都是不确定的,只是传说而已。李秀成到了内蒙古,一段时间后钱用得差不多了。他还有一些客户,散布在东北三省,河北、甘肃、新疆等地,跟他已有多年业务来往。有些是订了合同尚未发货,有些是已经发货,但尚未收款。他决定以鄂尔多斯为根据地,继续开展业务。他联络了一些比较可靠的客户,事先做了调查,试探温州方面有没有派人来找他。他的第一笔业务做得颇为顺利,他把订到的业务合同寄给乐清的朋友,就立马离开那座城市,以免温州那边闻讯赶来追捕。乐清那边的人接到他的订单，便隐约猜到了他的行踪和现状，赶紧把他的消息偷偷告诉他家人。他无法写信给家人，也只能以此间接地向家人报平安。他的订单越多，家人就越放心。

李秀成逃跑后，本地成立了专案组，一直在寻找他的下落。后来得知他在外地继续做业务，决定不打草惊蛇，等他放松警惕要回家看看时乘机抓捕。李秀成知道风声不对，没有上钩。专案组改变了策略，到外地去抓捕他。但他狡兔三窟，总是会提前一步逃脱掉。后来专案组失去耐心，把李秀成在乐清的那座可以停十部汽车的大房子全扒平了，重新恢复了水田的原貌，还种上了水稻。他的二婚妻子和两个小孩被赶回了娘家。专案组还得知户口问题是李秀成的命脉，决定打蛇打七寸，把他落在乐清柳市城镇的户口重新迁回了文成山区。所有的一切，专案组有意高调行动，就是为了让李秀成知道政府对他有办法。而李秀成当然很快就知道了，他确实被击中了要害。

陈渠来说，这段时间是温州经济的黑暗时期，不长也不短，有三年多。大概一九八四年之后，私营经济开始解禁，整个形势完全反转，温州的模式获得肯定，那些关在监狱的或者逃亡在外的经济犯都回来了，成为企业家，被称为最早吃螃蟹的人，戴上了大红花在大会上演讲。那个铁腕书记已经离开了温州，升为"朝廷大官"。按照这个进程，李秀成本来是可以安全回来的，被没收的财产会发还给他，下放到文成山区的户籍会迁回来，他完全可能成为温州经济的一个风云人物。但是，他再也没回来，完全失踪了，人间蒸发了。

陈渠来说，四十年过去了，如果李秀成还活在人间，现在也有八十多岁了，他总觉得李秀成还活在什么地方。他说李秀成当年在可以回来的时候却失踪了应该是有原因的，也许和下面这一件事情有关系。

陈渠来说的事是一九八二年海坦和西郭派出所的炸弹爆炸案。他一说这个案子我马上清清楚楚想起来了。当时我在汽车运输公司保卫科工作，得知管辖市区江边东段的海坦派出所被炸，我公司汽车东站站长麻钟林正好在派出所解决一个纠纷，被炸断了腿。我很快就到达位于江边的海坦派出所，只见整个屋子塌了一半，还在冒着浓烈的烈性炸药气味（因为我当过炮兵，闻过炮弹爆炸过的TNT炸药的气味），救护人员还在里面寻找伤者。麻钟林站长被送到第二医院，伤腿拍了X光片。我去了医院看他，看到那张X光片挂在显示光屏上，清晰地显出好几个钢筋头，三四厘米长，看来炸弹里面有杀伤性威力的就是这些钢筋头。就在这时我得知同样在江边的西郭派出所也给炸掉了，都在当天上午九点钟左右，相差五六分钟。公安局向各单位通报了案情，说是罪犯的炸弹用了定时装置，用普通发条时钟改装的。炸弹用的是农村里开岩炮的黄色炸药，里面加了用剪线钳剪断的钢筋头。有目击者见到那天一早有个人提着旅行包走进派出所，穿着蓝色的衣服，进去后在接待区坐了一下，又出来了。我当时对作案的人穿着蓝色衣服的细节印象深刻，因为这让我联想起"蓝衣社"，还想过莫非是美蒋特务？

陈渠来说的和我知道的差不多。因为他还在办工场，公安过来收走了他工场里的所有剪线钳，说是要拿去比对。公安部门对案件起先都是保密的，后来贴了告示，发动群众提供线索，说这个罪犯有一个特征是左撇子，炸弹里的钢筋头显示他是用左手操作剪线钳的。陈渠来说当知道作案人是用左手剪钢筋头时，心里咯噔了一下，因为他想起了李秀成就是一个左撇子，总是用左手摇车刀把。不过他按住了心里这个猜想，从来没和人说。这回还是第一次和我说。

陈渠来的故事结束了。我没想到这个故事会有那么多的内容，会和本地几个最重要的案件都有联系。我能清晰地回想起麻钟林大腿的X光片，钢筋头一截截的，像平时吃的长豇豆一样扎在腿里面。不由自主地，我脑子里出现了李秀成在一个黑暗的仓库角落里，叼着一根香烟，用左手握着剪线钳慢慢剪着钢筋头的画面。还有一件事情我也想到了，西郭派出所被炸的时候，老单在不在里面？是不是已经退休了？我记得当时说派出所里有一个人被坍塌的楼板压死了，但愿不是老单，我觉得他是一个不错的人。

2021年6月

西尼罗症

一

在移民加拿大的第二年，我和妻子决定买一座房子。

这个时候，我们还住在一座庞大的出租公寓大楼里。大楼里有很多黑人，其中有些是卖毒品的，所以楼道里经常会有带着警犬的警察巡查。有一天，两伙黑人在楼里驳上了火，打死了好几个人，地上的血都淌到了我家门口。这件事加速了我们的决定。我翻了一大摞的中文报纸，在许许多多的房屋经纪人中找到一个叫刘莉莉的华人女经纪。我给她打了电话。她当天就和我们见了面。她的个子小小的，人的模样和她的名字一样可爱。

我现在还怀念刘莉莉带我们看的第一座房子。那是一座带着拱形圆洞窗门的后复式独立屋，屋里有两个大厨房，四个洗手间，房间多得数不清。记得当时我被意大利人房主一个玻璃壁橱里收藏的多种瓶装的果酱深深吸引住了，后院里几棵果实累累的樱桃树和梨子树也让我心跳不已。我当时就觉得这房子马上会成为我幸福的家园。可妻子泼了我一盆冷水：这房子拱形的圆洞窗门看起来像南方的坟洞似的，绝对不能要！

还有一座房子我还能想得起来，屋外的墙上爬满了青藤，屋内有两只威武可爱的猫，地下室里还有个用原木搭成的桑拿浴室。从客厅望出去，后面的花园里有奇花异草，再远处是美丽如画的安大略湖。我妻子透过花园，手搭凉棚向远处张望，看到不远处有一条客运轻捷铁路。她告诉我火车来了整个屋子都会震动，夜间的话火车声音会更加地大。再说她也不喜欢那大湖。大湖里容易长水怪精灵，夜里跑到岸上来怎么办？后来的几个月里，刘莉莉带着我们看了好几十套房子，不知怎么的，房子看得越多，越觉得没劲，一座不如一座。

在七月份的一个下午，刘莉莉打来电话，说北约克有一座独立屋刚放出来，房子很大，地点也很好，只是价格超出了我们原来的计划，问我们要不要去看看。我当时的生意刚刚起步，手头很紧，舍不得多花钱，听到她说的价格就一口回绝了。我妻子问我谁来的电话，我说是刘莉莉，推荐一座不适合我们的房子。事情有点奇怪，凡是我中意的房子我妻子总会找出不好的地方，可我说这房子不合适，她倒是有了兴趣。她对我说，这房子听起来不错，要不我们自己先去看看吧！

就这样，我开着那辆二手的美国"道奇"牌旅行车，和妻子找到刘莉莉告诉我的那条路。在找到那座房子之前，我们在周围转了一下，发现这个区域已有了些年头，路边的枫树槭树雪松都长得遮天蔽日了。两侧的房子离马路远远的，房子前面的草坪和花园面积也很大。这个时候已经是黄昏时分，天空还有晚霞，但光线都被茂密的树冠吸收了，空气凉飕飕地透着湿气，好像有一种山林里的感觉。我慢慢地开着车，艰难地辨认着路边房子的门牌号码，终于找到了。它的门牌号是118号，听起来不错。我在路边停了车，和妻子在车里打量着这座房子。

光线已经暗淡得看不见房子的细节，只能看见它的大致结构和轮廓。房子有两层，屋顶是梯形的，有点日本乡村民居风格，看起来大气稳重。在长长的车道后面是一个车库，屋前有一棵巨大的塔松，树下是一大片草地。在一个房子左侧的大窗下有一大蓬灌木。在房子的正门有一道不小的屋檐，现在加建了玻璃的墙和门，成了一个透明的太阳房。我和妻子默默打量着房子。屋子里没有亮起灯光，但是我感觉到在那个透明的玻璃房内好像有人影晃动，也许她（或者是他）同样在观察着我们。

我妻子提议走近房子看一看。我说没有经纪人陪同，屋里的人可能会不欢迎陌生人。我妻子坚持说既然房主想卖房子，一定会让买家看的。我说不过她，只好跟在她后面向屋子靠近。我妻子在草坪前的行人小径上徘徊了几步，然后走进了车道，手攀着屋子右侧的一道木栅栏门向后边的园子张望。然后她走近了透明的玻璃房。我以为屋里的人一定会开门出来了。不知怎么的，我总是有一种想转身逃跑的欲望。可是并没有人出来。我妻子贴着玻璃墙向里张望，又踱到屋子的另一侧看看墙体，然后回到我身边。她说玻璃房里并没有人，但有两张藤制的椅子和一盆花。那个黄昏她显得很兴奋，很显然，她看上了这座房子。

二

这个房子的屋主是个白人，是CIBC（加拿大帝国商业银行）的一个资深职员，名字叫Doug，念成中文应该是"道格"。

我妻子不知怎么的老把他叫成 Dog 先生。Dog 的英文意思是狗，我很怕道格会生气，可他并没在乎，可能英语里称人为狗不算是侮辱人。在刘莉莉的周旋下，房子的卖价没费很多周折就谈成了。但在验屋师检验屋子时，发现了地下室的墙体上有两条裂缝。验屋师提醒我们下雨时这两条裂缝可能会漏水。道格坚持说，他在这里住了二十多年，地下室从来没有漏过水。这个问题成了买卖双方的主要争执点。我们在买房合同上加了一个条款：在交屋之前，买方在下大雨时有权利再来检查一下地下室的裂缝。如果发现有漏水，买方可以取消买房合同。这个夏天雨水不多，只下过几场小雨。一直到了九月份，才下了一场够分量的倾盆大雨。我和妻子赶到了道格的房子，仔细检查了地下室的裂缝，还用从 HOME DEPOT 买来的红外线探水仪检查了墙体的内部，确实没有发现漏水。这样，买房的所有障碍都扫清了。

房屋交接的时间是十月中旬，这个时节房子周围一片秋意。枫树变成了红色，槭树变成了紫色，各种灌木变成了五颜六色，像是打翻了画家的调色盘似的好看。我和妻子、女儿从地产律师那里拿到钥匙兴冲冲地去开新居的门。开门时发现在门把手上插着一张粉红色的卡片，卡片上有人用花体的英文手写着一段话。我们那时来加拿大还不久，看手写体的英文很吃力。我和读初中的女儿研究了半天，大致弄明白了这是一个邻居写来的贺卡。这个邻居的名字叫Swanee，按中文的音译是斯沃尼，听起来像是个女邻居。她祝贺我们买下了这座漂亮的房子，并欢迎我们成为她的新邻居。她说在我们搬好家之后，她会上门来拜访。我把卡片保存了，心里有点慌张。因为我的英语不是很好，不知如何和邻居的白人交往。

在搬家后的那些天里，有大量的事情要打理。我一边做着事，一边心里老是惦记着有个叫斯沃尼的女邻人要来访问的事。不过一直没有人过来。十月底，美国和加拿大有个很重要的节日万圣节（Halloween），这里的华人把这节日叫成鬼节。这天每家每户点南瓜灯，屋里屋外装点上骷髅吸血鬼之类的东西，孩子们则在晚间戴上面具，扮鬼扮马，去附近一带的人家讨糖果。我也提早买了好些糖果，但南瓜灯之类的东西我就不知道怎么去弄了。我一直还记着那个留了卡片的邻居斯沃尼，心想她要是这个时候来访的话我就可以请教一些过万圣节的问题了。

这一天的早上，有人按了我家的门铃。我赶紧去开了门，以为是斯沃尼终于来访了。可开了门，见是一个大男孩，身材已很高，脸上长着一些雀斑，头发是棕黄色的。他说他叫汤姆，住在我家隔壁的房子里，是我们的邻居。

"我母亲让我把这盒蛋糕送给你，欢迎你们成为我家的邻居。"汤姆说着，把一盒包着彩纸系着丝带的礼品盒交给我。

"太感谢你们了。"我说，"你母亲怎么没和你一起来？"

"她最近不在这里。春天的时候她得了一种病，那病叫West Nile，现在她很虚弱，医生让她住在北边Algonquin（阿岗昆）湖边我们家度假屋里休养。"汤姆说。

"你说她住在阿岗昆湖边？"我略微有点吃惊，说，"那她怎么知道我们搬进来了？"

"是啊。她在湖边已经住了一年多了。她偶尔也会回来看看，通常是晚上，只待很短的时间。"汤姆说。

"你母亲叫什么名字？"我说。

"她叫斯沃尼。"

"原来是她，我们收到她写的一张卡片，她说会来访问我们的。"我说。我终于知道斯沃尼是谁了。

"是的，我母亲本来说要来拜访你们，可近几天她有点不舒服。"

"是吗？"我说，"那真太谢谢她了，希望她能早日康复。"

"还有一件事。"汤姆迟疑了一下,接着说,"明天是万圣节。我们家在晚上会有一个恐怖派对。我母亲希望你们一家能来参加。"

"你们真的很客气。我很愿意和家人一起来参加你们家的派对。"

汤姆走了之后,我问女儿West Nile怎么拼写,她告诉了我,还把字写在了纸上。West的意思我明白,是"西"。Nile我查一下字典,发现是"尼罗河"的意思。这样连起来,就是"西尼罗河"。我没有听过有这种病,也不清楚西尼罗河指的是哪一段。五年前我去过埃及的尼罗河,那时我还在巴尔干半岛做药品生意。我印象里开罗城里的一段尼罗河两岸布满现代建筑,河面上漂满垃圾和船只。后来我沿着尼罗河坐火车去南方,在古代上下埃及连接部的洛克索停留过。渡过那段尼罗河,是一片金色的沙漠和山丘,埃及很多法老的陵墓建在那里。我记得在渡过尼罗河时乘错了船,来到了一个当地居民点。我能看到旅游客人码头在不很远的河岸处,所以我沿着河边抄近路过去。但中途遇到几条狗,一直追着我不放,搞得我很狼狈。从洛克索再向南,是阿斯旺省。那里的尼罗河因为修建了著名的阿斯旺水坝,水面提高,淹了很多土地,河面上布满了小岛。我还记得一个黑人孩子为我划船，一边重复地唱着一句歌词，那句歌词就是：Nile, Nile……尼罗河再往上游走，就是苏丹国了。我印象里尼罗河是南北走向的，不知西尼罗河在哪个位置。我胡思乱想着，心里为能回想起那条美丽的河流产生了一点快意。我还顺便把斯沃尼夫人的名字在字典上查找一番。Swanee一词字典无法翻译。可是有一个相近的字Swan的意思是天鹅。这样，斯沃尼这个名字在我脑子里开始与一种大型飞鸟和湖泊联系在一起。产生这样的联想不只是因"天鹅"这个词汇，还来源于她儿子所说的她一直住在湖边养病的事实。我想象着，她一个人在湖边过着什么样的日子呢？

第二天黄昏，各家的门口都亮起了南瓜灯。天一擦黑，一群群戴着恶魔面具穿着戏装的孩子开始出现在路上。他们挨家挨户敲着门，口中念念有词：Trick or treat。这话的意思是要么给点糖果要不就恶作剧。而各家各户也早准备了糖果，分派给他们。我提着一大水桶的糖果，守在门后，听到有孩子敲门就开门给他们抓一把糖。我觉得这个节日不错，给小鬼们派点糖果打发他们，有点散财消灾的意味。我妻子对万圣节不喜欢。她说这节就是中国的七月半鬼节。人们应该躲在家里，不要开门见人为好。

九点钟过后，糖果派完了，我走到门口，看见斯沃尼夫人家的车道上停满了车辆。车道边的花园里阴风飕飕，在那棵大树下挂着发绿光的蜘蛛网、骷髅头、吊死鬼。草地里有幽森森的灯光闪烁，还伴随着一声声凄厉的嚎叫。我想起上午斯沃尼夫人儿子的邀请，不知怎么的，我觉得今晚斯沃尼夫人一定会从湖边的度假屋回到家里，也许在她家的派对上能见到她一面。我对妻子说作为礼节，我们全家应该接受邀请，去邻居家参加派对。我们既然已经移民到了加拿大，就应该融入社会，和当地人多来往。我妻子坚持说决不在鬼节外出参加恐怖派对，鬼节各家应该紧锁大门不让恶鬼进入屋内才对。我说服不了她，转而动员女儿和我一起去。我对她说作为年轻人参加本地人的这种活动更加有必要。我女儿一出门看见邻居家花园里的布景，就吓得脸色发白。我哄着她走到邻居家的门口，只听到屋里响着更加凄厉的鬼叫声，玻璃窗内只见到一个个狰狞的面具在舞动，突然门开了，一具骷髅架子手拿着闪光的电锯冲向我们。女儿吓得号啕大哭，我只好无奈地退了回来，让女儿回到家里。我妻子见女儿脸色发白，再也忍不住怒火，冲我喊着：你到底吃错什么药了，对隔壁人家的事情这么有兴趣？孩子吓出毛病来怎么办？

由于和妻子吵了架，我的心情不怎么好。我独自一人又跑了出来，在附近的路上兜着圈子。路边到处点着龇牙咧嘴的南瓜灯，走着各种各样戴鬼面具穿斗篷的人，只有我一个人露着人类的真面目，所以反而引得人们回头看我。

走了一圈之后，我的情绪渐渐平静了下来。我开始后悔自己不该强求孩子去参加她不喜欢的恐怖派对。而且，我开始发现，自己对邻居家的派对似乎过于关切，连我妻子都看出了这不正常。

三

现在我要说说另外一件事。

去年夏天，我移民到加拿大还不到半年。由于我的财务状况尚可，不需急于去工作，所以那段时间我除了在成人学校学点英语，基本上无所事事。我有时去钓鱼，有时会去图书馆、博物馆、美术馆。在加拿大国家美术馆里，经常会有一些近代名家的画展，比如著名的GROUP OF SEVEN（七人小组）画派的作品。这个小组的七个成员都是白人，一百多年前他们远离城市，居住在离多伦多三百多公里外的阿岗昆森林中。他们的画作主要是水彩或者水粉画，大部分是风景画，也有一些风景中的人物画。我在美术馆看了好几天。他们的画肯定受到印象画派的影响，色调又带着浓重的日本和中国的画风。但是吸引我的还不是画的本身，而是画里的风景和人像。那些暮色里的远山、日出时雾气迷离的湖畔实在令人向往。有一天我在一幅A.Y.JACKSON画于1902年的水粉画的右下角找到一行小字，那上面写着Canal du Loing near Episy。我知道这应该是这个风景地点的名字，但是我找遍了地图都没有发现这个地点。直至有一天，我在电脑上的google卫星地图搜索上不经意地输入了那个地名，结果一个地图上的圆点突然出现在眼前。我把焦距往前推，看到了湖水、森林和几处靠着湖边的屋顶。而且，在地图旁边，还列出了从多伦多到达那个湖畔的行车路线图。

我这个人是个十分容易受诱惑的人。就像上面说到，我看见了意大利房主壁橱里的果酱就会想要买他的房子；当初也是因为听了加拿大歌手席琳·迪翁的一首歌，产生了移民加拿大的欲望。所以当我在电脑里看到了去阿岗昆地区的路线，想到可以看画里的风景，顺便还可以去钓鱼，我就动心了。

那一天我在凌晨起床，开了三个多小时的车，沿着一条乡间的小路勉强把车开到了湖边。那是个美丽的湖湾，在湖岸上开着大片的风信子，近水处有大片的芦苇丛。这里几乎人迹罕至，基本是沼泽地，有好些长腿的鹭鸶之类的涉禽栖息其间。我在湖岸上走了好久，找不到一个适合下鱼竿的水面，所以一直走向东边。后来我看到一条小路通向湖边，湖边有座木头的栈桥通向水面，这是个非常适合抛出钓竿的地方。我在栈桥上坐了下来，但令我不安的是栈桥的右边三十米开外有一座挨着水面的房子。房子看起来很大，有一个平台搭在水面上。我没看见有人出来，但是我知道，这座栈桥很可能是这个房子主人的私人领地。我有点犹豫，但实在找不到下竿的地点，就在这里抛出了钓鱼线。我点上了一根香烟。这个时候我抽烟还很凶，戒烟还是后来的事。我很快钓上了一头一磅多重的碧古鱼，一会儿又钓上一条大嘴鲈鱼。这里的鱼可真多呀，个儿大，咬钩又凶。这里还有好多白色的水鸟，样子有点像海鸥。每次我摇着绷紧的钓鱼线把鱼从远处的湖水里往回拖时，水鸟都会赶过来盘旋在周围，好像是要来分一杯羹。直到我把鱼放进冰桶里，水鸟才悻悻地散去。

这个时候，我看到那水边的房子里边走出一个白种的妇人，来到了木制的平台上。她的身材颇高，皮肤白皙，褐色头发，在四十岁左右。白人的皮肤会衰老得快些，能看出她颈部的皮肤似乎有了皱褶，而且我觉得她显得有点慵懒无力。她穿着一条长长的睡袍，手里端着一杯冒热气的咖啡。我当时很担心这位房子的女主人会对我说这里是私人领地，请不要在这里垂钓。她看见了我，但只是很友好地向我挥挥手，没有说什么话。我看她的脸上有着很善意的微笑。

这个白人妇女允许我在这里钓鱼，我心怀感激。而且她一点没有打搅我，好像我根本不存在似的。她做着自己的事，在一张铺着毛巾垫的椅子上坐下，边上是一张桌子，桌子上放着咖啡。她眺望着远处的湖面，神色安详。我冲着A.Y.JACKSON画作中的风景而来，现在倒是看到了类似印象派大师雷诺阿笔下的人物肖像。雷诺阿用色点画出的法国女人美态里带着即将消逝的伤感，我现在看到的妇人也有同样倾向，而且还带着一点病态。

在中午到来之前，突然有一条梭鱼上了钩。梭鱼是北美一种凶猛的淡水鱼，鱼身像梭镖一样，头部像蛇，游速极快，力量强大。我使劲稳住鱼竿，感觉到那鱼似乎要把我拖到水里去。我用力摇着鱼线，将鱼往上拖。那鱼突然跳出水面，拼命挣扎着。自动离合器将钓鱼线一下子放出去，我的手指头被飞速的钓鱼线割开一道口子。这样来回折腾了好几个回合，我终于将这条一米长的梭鱼拖上了岸，这时才发现指头被钓鱼线割开好几道口子，疼得直钻心。

搞定了这条鱼，我觉得好有成就感。我转头去观察平台上的妇人，相信她大概已看到我刚才和梭鱼搏斗的场面。我看到现在太阳转了角度，正好晒在平台上。妇人躺在靠椅上，闭着双目养神，好像什么事情也没发生。我略感失望。我闲得无事，猜想着这个湖边妇人的身世。我不知房里是否还有其他人，我想她大概是个有钱的人，可以不做事情在湖边别墅里悠闲地晒太阳。

这样过了很久。我吃了自带的午餐，发现她还是躺在长椅上。我想她一定是睡着了。但这个时候我发现了一点异常情况。我看到她侧躺着的白皙的脸颊上有一条蚯蚓似的东西，而她对此全然不觉。因为距离不很近，我看不出是什么东西，以为这可能是一段有颜色的线头。然而过了一些时候，我看到那蚯蚓似的东西变成了两条，而她还是闭着眼睛没有反应。我感觉有点不对，站起身来，这样我看到了蚯蚓似的东西从她脸上一直垂到地上，而地上有一摊深色的东西在扩大。我向她躺着的水上平台快步走去，一边大声喊着：哈啰！她听到声音抬起头来，蚯蚓似的东西立即垂了下来。我现在看清了她是在淌鼻血！我从来没见过这么厉害的淌鼻血，地上的血流了一大摊。她坐了起来，血立即淌到胸前。她用手一抹，满脸是血。我跑过来，让她躺着不动。我看到平台上有水龙头，马上用水盆接来一盆凉水，冷不防泼到她脸上。这是我小时候淌鼻血时大人对我做过的事。冷水突然泼来，人会猛一惊，毛细血管因此收缩，通常血就能止住。在这同时，我用桌子上的纸巾卷成塞子塞进她的鼻孔，这样，她的血就不再流了。我的手上沾满了泥土、鱼鳞和蚯蚓黏液，加上我自己指头被钓鱼线割开的伤口上的血，既肮脏又腥臭无比。但我也管不了那么多了。我用蘸水的纸巾擦去这位妇人脸上和颈上的血，感觉到白人妇女的肌肤像奶油一样细腻光滑。同时我还闻到了她身体的气味，有香水还有汗液的气味。

过了一会儿，她感觉好了些，开始说话。她说自己刚才睡着了，不知在淌鼻血。她感谢我帮助了她。我说是不是打电话叫医生来，她说不需要，她以前也淌过鼻血，不会有什么事，而且再过两个小时，她的私人护士会来看她的。后来，她起身走进了屋子。我也无心再钓鱼，收拾起东西离开了湖畔。

这段因一幅风景画引起的离奇经历结束之后，我没有再去过那个湖畔。但是那个白人妇女和她殷红的鼻血成了特别强烈的印象，植入了我的记忆。我在看纳博科夫的小说《洛丽塔》时，发现书里那个有严重恋女童癖的人（或许就是纳博科夫自己）的癖好是有源头的。我现在也担心在湖畔的经历可能会成为我的一个不良癖好的源头。因为我发现，在我进入新居那天看到邻居一个白人妇女送来的卡片时，我的内心显得过于兴奋。而且，在进一步得知斯沃尼夫人居住在湖边养病时，我更加清晰地想起去年湖畔的白种女人。我知道这两件事没有关联，但我对斯沃尼夫人的过分好奇心，却使得事情混淆在一起，使得没见过面的斯沃尼夫人具有了湖边妇人的面容。我真是一个不可救药的幻想者。

四

万圣节一过，树木开始落叶。在几天时间内，我家后园那棵巨大的枫树的叶子纷纷掉落，把草地严严实实盖住了。我和妻子每天要收集好多树叶，装在专用的牛皮纸树叶回收袋，放在路边等专门收树叶的车子来收走。那段时间附近的住户经常有人出来收集树叶，这给我和我妻子提供了认识邻居的机会。我们很快认识了房子右侧的邻居法国人泰勒夫妇。他们两个爱抽烟，爱说笑话。抽烟不能在屋里，所以他们不时会跑出来，刮风下雨也会跑出来，就像鲸鱼一样定时要浮出水面吸气。再往右边去，是一家姓甄的中国台湾人。他们家的房子屋顶特别大，呈蘑菇状，让人想起童话里边的房子。事实上，甄先生和他太太的样子确实也很像是两只小白兔。他们家的车道看起来比较窄，房子也比我家的小一号。在左侧，越过斯沃尼夫人的家，有一个说广东话的老者一直在草地里刨坑。他在埋着郁金香的块茎，郁金香的块茎很像洋葱。我妻子说她看到老头在深埋下郁金香块茎时，会在表层的土里放上几头剥开的大蒜，可有时又会在郁金香上面的土里放几颗花生，甚至有的坑里还放了鸡腿。我妻子不会说广东话，很吃力地和老头交谈。老头边说话边比画才把意思说明白。说松鼠爱刨土，还会啃郁金香的块茎，不过闻到大蒜味就受不了了。放几颗花生是另一种方法，松鼠刨到花生后，就心满意足以为底下不会有东西了。至于埋鸡腿，是为了应付大一点的动物，比如臭鼬之类，它们刨到鸡腿之后也就会不再深入下去。

我们的左邻斯沃尼夫人的房子占地很大，结构和我家的不同，前后有两座房子连在一起。她家的屋前是经过专业设计的那种，有石头和灌木组合的风景，还有一棵伞状的大树覆盖了大部分的花园。她家的房子不设车库，但是汽车却有很多。我发现她家的车子都是些大家伙，是那些大马力的旅行车，甚至有一次还看到一辆像巴士一样的野营车，车上有卧室、厨房、洗手间。我很快就认识了斯沃尼家的其他成员。她还有另一个儿子，这个家伙个子非常高，大概已经上高中了。斯沃尼的丈夫叫马克，他非常有礼貌，中等结实的个子，不过人看起来开始有了老态。他们一家看起来总是那样有生气，两个儿子长得特别健壮，经常看到他们带着冰球装备外出。他们还有两条黑色的德国狗，皮毛油光闪亮，平常都十分安静。他们外出有时会带着狗出来。狗出了门会很兴奋地在附近飞跑，但不乱叫，很快就折回来自动跳上了汽车，随着主人外出。但我始终没有看见斯沃尼。我时常看到他们家有一些年纪不小的妇人出没。我不知道她们是些什么人，但我觉得不会是斯沃尼夫人，因为她们看见我时表情没有反应。我相信斯沃尼夫人不会是这样的。她儿子说过她有时会在晚上回来，因此在夜晚看到她家有车进出时，我总会从窗口往外看看。也许我在夜色里看见过她的身影，但是无法辨认出来。

冬天接着就来了。多伦多的冬天会一直下雪，上一场的雪还没化掉，下一场雪又来了，所以好些地方一直会有积雪。我对这个冬天没有什么特殊记忆，只有一件小事让我一直费解。有一天我下班回来，女儿告诉我下午有一个人敲门。她从花格玻璃的门窗中模模糊糊看到好像是个白人。因为我告诫过她，任何生人敲门都不要开，所以她没有开门。这件事本来没什么，我在家也经常遇到许多人上门推销产品或者来传道。但我看到那天门外的雪地里有一串脚印从我家正门延续到了通向后园的木栅门。我打开木栅门，看到那脚印一直向里，在后园从来没被人走过的雪地上留下许多杂乱的脚印。还不止这些，令我惊奇的是雪地上有好几排动物的足迹，而且看起来是不小的动物。我前些日子听人家说过在达芙琳公园的丛林里出现几只野生胡狼，还咬伤了一个游人的小腿。我甚至还听说一个加拿大冬季滑雪冠军在雪山上滑雪时失踪，最后发现是被美洲狮吞食了。但我的房子地处城市的内部，野兽怎么可能会到达这里呢？更加可疑的是这些动物足迹显示它们不是从木栅栏门那边进来的，也没有从那里出去。那么它们是从哪里进来的呢？我家半亩地大的后园除了可以从木栅门进来之外，左右两面是封闭的木板围墙。右边是法国人泰勒家，左边是斯沃尼家，而后方的铁丝围栏则是我新认识的亚美尼亚人的园子。如果这种动物是从他们中的某一个家里过来的，那必须跳跃过高高的木围墙或者那道铁丝围栏，而且还得跳回去，但这显然是不可能的。第二天是周末，我守在能看见后园的窗边，不过除了看到几只出来觅食的松鼠外，什么也没看见。这以后，事情没有再发生，可我总还记得这事，心里有点不安。

不知不觉地，冬天过去了。某个夜里，我睡得很不安稳。老觉得屋外的黑夜里有一种细微的鸟语。这时我其实还在梦里，有一部分的意识可能清醒着。在这个梦里还套着一个梦。我回到了中国南方我母亲的家，睡在那个新加建的违章小阁楼里。我在睡梦里听到一阵阵悦耳的鸟鸣声，我觉得很满足：看！只有在环境幽雅的加拿大才能听到这样的鸟叫声。可我醒来了，鸟鸣声还继续着，那是邻居一个老人笼子里的画眉鸟在叫。这两个梦交织着，让我睡得很不踏实。然而在第二天，我确实在后园的树梢上看见了一大群红襟蓝背的鸟在枝头上嬉闹，这让我十分欢喜。我不知这些鸟叫什么名字。我去附近的图书馆找来了一本《北美鸟类分布》的书，按照图片的指引，我一眼认出在后园树上歇脚的鸟是robin（知更鸟）。年少的时候，我在家乡的郊外和山上用气枪射杀过很多的鸟类，有白头翁、伯劳鸟、黄莺、啄木鸟，但是从来没见过这种红襟蓝背的知更鸟。从这天开始，我发现春天真正来了，天空上成群的候鸟飞过，树叶突然之间长了出来。到处开满了鲜花，最早开的是郁金香。邻家的那个广东老人去年种下的洋葱似的块茎现在都开出酒杯状的大花朵了。加拿大的冬季这么长，过了冬季几乎马上就是夏季，所以植物都学会了在最短的时间里长大。

在我们家的园子里，除了长出一大片绿草，没有什么花卉。我用割草机割过几次草，草地像绿毯子一样，散发着草汁的清凉气味。这个时候该开始种花了。加拿大天气冷，一般的花园除了一部分多年生越冬花木比如玫瑰蔷薇之外，通常在春天里种植一年生的草本花卉，比如喇叭花、香石竹、海棠花，等等。我的车库后半部分是个花园工具间，老房主道格留下的工具设备可以开一个小型的农场。那个时候我沉浸在摆弄泥土花草的快乐之中。我常常去沃尔玛或者加拿大轮胎大超市买来花苗和各种不同成分的泥土肥料，在后园根据阳光照射的不同角度开出了几块喜欢阳光花卉和喜欢阴凉花卉的花坛。我戴着个破草帽，光着膀子在后园自得其乐。身上出汗多了，有时会招来蚊子叮咬。这里的蚊子很大，一拍就是一片血印。所以我的口袋里会放一瓶风油精，被蚊子叮了会涂一下。

春天来了没多久，草地中间长出了一些菜状的植物，很快就开出一朵朵黄色的花。这些黄花是蒲公英。在国内的时候对蒲公英不了解，以为是可爱的花，女儿小时候还唱过什么"我是一颗蒲公英的种子"之类的歌谣。但对园艺来说，这种植物生长繁殖得太快了，在很短时间内便会覆盖住草地。蒲公英开过之后，草地上留下它们粗硬的梗子，头上长个圆形的绒球，风一吹就把焦黄色的种子到处传播。我女儿说看见蒲公英的梗子会觉得起鸡皮疙瘩，在我妻子的眼里，蒲公英更成了最可恶的杂草。通常在这里人们用一种化学除草剂来消灭蒲公英，商店里也出售一种工具可以连根拔除杂草。我妻子却坚持用手工拔除，连手套都不戴。我妻子就是这么一个人，比如洗衣机她就不喜欢用，宁愿用手搓。洗地板不用拖把，喜欢跪在地上用布抹。我有时会劝导她说：要学会用工具，恩格斯对人和动物的区别定义是人会用工具，动物不会。但妻子还是我行我素。我那时一不留神，就会发现她跑到草地上拔杂草了。太阳晒得她满头大汗，脸上都晒出了色斑，可她就是不戴太阳帽。她弓着腰，从后面看去她的裤子和汗衫分开来了，露出后腰一段皮肉，有时屁股的沟子上端都露出一截。每天她都会拔到一大水桶的杂草，然后晚上她会不停地抱怨自己的膝盖疼得受不了。她会用一个电脉冲机器自己做热敷理疗，还会贴很多的伤湿止痛膏药。

周末下午，我午睡了两个小时之后，从纱窗门里看见妻子又弓腰在草丛里拔除蒲公英。这个时候我种下的金盏花和香石竹已经开得热热闹闹。有好些蝴蝶在园子里飞舞，几只松鼠坐在草地上嗑着什么食物，阳光从树叶间斑驳地洒下。有一瞬间我有了超然物外的发现：在眼前的园子里，松鼠、蝴蝶、妻子都处于一种同等的生命状态，各自都沉湎于所做的事情中。那只彩色的蝴蝶和那只黑色大尾巴松鼠一定和妻子一样心情愉悦。但我不知这是事物的真相还是表象。我至今无法解开冬天雪地动物脚印之谜。雪地能记录动物的出没踪迹，草地却不会留下任何东西的足迹。我无法知道那些动物是否还在后园出没，也许在夜间或者在我察觉不到的时间会徜徉在这里，甚至在我侧过头的一霎间它们就有可能回到这里！这正是令人心神不宁的地方。

当我这样想的时候，事情开始发生了。我看到妻子突然跳了起来，大声喊叫着我。我赶紧开了门跑到后园，当时我感觉她一定被草丛里什么东西咬到了。

"怎么啦，发生什么事了？"我跑过来，问道。

"看！一只死鸟。在草丛里。我刚才摸到它的身体了。"妻子惊恐地喊着，使劲甩着手。

"原来是这个。没什么，谁叫你不戴手套。"我说。我看见草地上有一只不小的死鸟，不是知更鸟，也不是白头翁，是一种个头比较大的黑色的鸟，也许是北美山雀，也许是短嘴鸦。它的眼睛张在那里，能看到眼睛里还倒映着天上的云彩。可尸体已经开始腐烂，发出一阵臭气。

我安慰着受惊的妻子，拉来了水龙头皮管，让她冲洗摸过死鸟的手。她回到屋里之后，把自己关在了洗手间里，我只听到水龙头里的水一直响个不停。大概半个小时以后她走出了洗手间，对我说，今天的晚饭让我来做，她老觉得自己的手还没洗干净，还有气味。

五

我以为，这件事就这么结束了。可是后来的情况并不是这样。

一天上午，送信的邮递员来了。这个邮递员是个四十多岁的白人，个子矮矮的，老是很开心，喜欢说话。每天，他要走上好几百户人家，投递各种邮件。我刚要出门上班，碰到了他，所以他把一把信件交给了我，让我自己放到信箱里。我迅速翻了一下信件，看到里面有一张绿色的硬纸卡，上面还画着几张鸟的图片。我虽然能看懂英文，但速度很慢，有时还得需要电子字典。所以我顺口问那个邮递员，这张有鸟的图片的纸卡是什么东西。

"This is information about a fatal disease form City hall."邮递员说。我能明白他说的意思是这卡片是市政府发布的有关一种传染疾病的信息。我接着问他，这是哪一种传染病呢？

"West Nile, a terrible disease which passed by wild flying bird."他说，意思是说这种West Nile是一种依靠飞鸟传播的新疾病。West Nile这个词听起来熟悉。我立即想起了邻居斯沃尼夫人生的就是这种病，那就是西尼罗症！

听他这么一说，我的心沉了一下。我把那纸卡放进了口袋，其他信件留在了信箱。这时妻子也走出了家门。我们做的是家庭式的进口生意，妻子平时和我一起坐车去仓库上班。

这天上班我无法集中精力，老是会想着藏在口袋里的那张绿色纸卡，还有纸卡上画的鸟。我想在妻子知道这件事之前对纸卡上的内容有一个比较全面的了解。所以趁妻子在后面仓库里发货时，我在办公室里拿出了那张纸卡，借助字典仔细读了一遍，那上面的信息让我有点紧张。

"西尼罗病毒首次于1937年从乌干达西尼罗河区域的一位妇女的血液中被分离出来并被确认为病原体，是传播最广的黄病毒之一，它分布于整个非洲、中东和欧亚大陆南部的温带和热带。二十世纪五十年代，在埃及的尼罗河三角洲估计有40%的人对此病毒血清反应呈阳性。在人群中，最大的流行于一九七四年发生在南非好望角省，当时记录感染此病毒的临床病例有近三千例。

"西尼罗病毒主要由鸟类携带，经蚊子叮咬传染给人，引发西尼罗热，它的人际间传染途径还包括输血、器官移植和母乳喂养等。一九九九年，美国首次在纽约发现西尼罗病毒感染者，随后病毒向全美扩散，愈演愈烈。有几种鸟，主要是候鸟，可能是病毒传播的主要媒介或扩散宿主。在时间和空间上与人群中暴发疾病巧合的是大量鸟类死亡。三月中旬，美国纽约市及其周围，有好几千只乌鸦和其他鸟类据推测死于该病毒。加拿大草原省份曼尼托巴和萨斯喀彻温也发现大量的野鹅和白眉雁死亡。鸟类和人群中的感染在时间和空间上的并存导致流行病学家们得出结论，即鸟类作为传入宿主可能感染嗜鸟蚊，嗜鸟蚊再感染病毒扩散宿主，最终感染人。据美国疾病控制和预防中心统计，二〇〇三年，美国四十五个州共有九千三百多人感染西尼罗病毒，死者达二百四十人。去年又发现了两千四百七十个病例，其中八十八人死亡。加拿大目前感染病例已超过一千人，死亡四十七人。到目前为止，还没有一种合格的疫苗能预防西尼罗热。"

我花了半个多小时研究这两段文字，只觉得心里越来越沉。市政厅要求市民密切注意西尼罗症的发展，如果发现了鸟类的尸体，要立即向政府报告，防疫人员会来收集检查鸟尸，以确认是否带有西尼罗症的病毒。在这张绿色纸卡上，并没有指示接触过鸟尸的人应该怎么去做，而这正是我关心的。很显然，我家后园发现了鸟的尸体，此事必须向市政厅报告。问题是妻子摸到过一只死鸟会不会受感染呢？从资料上看西尼罗症的传染途径是嗜鸟蚊的叮咬等血液方面，普通的接触应该没有问题。但是，我知道妻子很敏感，胆子很小，我得小心不要吓到她。我正在想着，发现妻子已经走到了办公室，她的眼睛在注意着我。

"你在看什么东西？"她问我。

"没什么，一张纸片，一张画着飞鸟的纸片。"我说。我还没准备好怎么对她说这事。

"你说什么，画着飞鸟的纸片？"她走过来，看到了我桌上的那张绿纸卡。她看到了那只鸟的图形，马上把纸卡拿在手里。她看了一会儿，她的英语比我还差一些，基本上看不出意思来，但是她的预感却比我要敏锐很多。

"这上面说的是什么？"她问我，听得出她的声音有点过于兴奋。

"说了一种传染病的事。你知道我们家邻居斯沃尼的病吗？就是她生的那种病。"

我让她坐下来，还给她倒了一杯水。我把纸卡上的内容说给她听，一再强调并不是所有的死鸟都带着西尼罗症的病毒。而且，据我的理解，即使是带着病毒的鸟尸，也不会通过接触而传染，只有蚊子吸血才是传播的途径。她很专心地听着我的讲述，我发现她以前从来没有这样认真地听我讲过话。我们商量的结果是向政府报告我们家后园有一具鸟尸。我按照绿纸卡上的指示给上面的电话号码打了电话，报告了这件事。接线的小姐说明天会有卫生部的检查员来检查，同时建议我们应该去医生那里做身体检查。我立即给家庭医生诊所打了电话预约，那里的秘书安排我们在下周一早上去见医生。

这天晚上吃饭的时候，妻子若有所思，话明显少了。我还发现,她改变了十几年如一日的一家人共食吃法,用一双筷子夹了菜放在自己碗里,分开吃了。我说没必要这样,干吗这样神经过敏呢?她说还是这样好,万一有什么事呢?睡觉之前,我发现她从壁橱里拿出一条被子,让我帮助套上被套,铺在床上,意思是和我分被而眠了。那天夜里她没有睡意,一直说着事儿。她交代了很多事情,似乎自己要出差到很远的地方。

六

第二天是周末。由于前一夜我和妻子谈论到深夜,所以早上醒来时日头都一丈多高了。我起床后,打开门,看到车道上停着一辆样子奇特的厢式车。车厢是封闭的,侧面描着好多各种各样的飞鸟的图画,很好看。在一群鸟的图画中间,印着一行字:NORTH AMERICA BIRDSMAN。意思是:北美鸟人。我正惊奇着,只觉得屋外的鸟叫声格外悦耳。我打开了屋外的玻璃门,看到门口塔松的树顶上站着一只红嘴鸟,异常兴奋地鸣叫着。然后,在地面上也响起一串短促的鸟叫声,回应着树上的鸟。然后树上的那只又来了一大段鸣唱。我看不见地上那只鸟,因为它被那辆陌生的车子挡住了。我走了出来,绕过了车子，看到一个人坐在草地上仰头看着塔松的树顶，鸟叫声是从他嘴里发出的。

"哈啰。你好吗？"我向他打招呼。

"还不太坏。"那人回答着，眼睛还看着树顶上的鸟。

"我想，你就是北美鸟人吧？"我说。

"对，你说得没错。"他说着，站了起来。这时我发现这个人的样子非常像一只鸟，准确地说，像一只乌鸦。他大概是中东那边的人，个子不高，身体紧瘦，穿着一身黑衣。他的头也小小的，两只圆点状的眼睛像鸟一样长在额头的两侧，鼻子尖尖的，像乌鸦的喙一样。我不知这是他本身具备了鸟的特征还是我的想象所致。他做了自我介绍。他叫优素福，是卫生部雇用的CONTRACTOR（合同项目承包者），专门负责调查北约克区飞鸟死亡的事务。在进入我家后园之前，他向我问了一些情况，并记录在他手里一个巨大破旧的笔记本上。我发现他那页记录上，已画了一张我家房子的铅笔素描，大概是在他和鸟对话的时间里画下的。

然后我们进入后园去找那只死鸟。前天妻子碰到了这只鸟后，我就用铁铲把它移到西边的角落，弄了一些树叶盖住了它。我扒拉开了树叶，没费什么劲就找到了那东西。很奇怪，这只鸟前天看起来有点腐烂的样子，可在树叶下埋了两天，反而显得很新鲜的样子。鸟人优素福戴了一双乳胶手套，把鸟捡起来，放在手里把玩。那鸟好似只要吹一口气，就能飞起来似的。他说这是一只加州花冠黑喜鹊，大概有四岁了，冬天时这种鸟在加利福尼亚，春天之后开始飞到北边来。然后他把鸟放在一只透明的密封塑料袋子里，在上面用记号笔写上了采集地点和编号什么的。

"你觉得这只鸟会带有West Nile的病毒吗？"我试探着问他。

"我不知道。"他说，"卫生部的实验室会查出结果的。"

"可这只鸟为何会死了呢？"我说。

"鸟类死亡的原因有很多，就像是人会死亡也有很多原因。不过鸟死的原因会单纯一些，至少没有谋杀。我整天都在和死鸟打交道。在我的车厢里，你可以见到各种死鸟。那上面有个冰柜，里面有死天鹅、大雁、鹌鹑、黑头鸥、灰色苍鹭……"

"你能告诉我通常鸟是怎么死的吗？小时候我看着树上和山上有那么多的鸟，可我从来没有看见一只死鸟，除了被人打死的。"我问道。

"这是个好问题。鸟通常死在人到达不了的地方。我知道一个海鸥的墓地,那是在离多伦多两百多公里的莱斯湖的一个湖湾,那里背靠着大片的树林,人迹罕至。我看到那些飞不动的老海鸥都会来到这里等死。至于大部分的鸟类,在将死的时候会飞到密林里,它们死了之后尸体会被其他动物或昆虫吃掉。一只鸟死在你家花园就是不正常的死。"

"如果这鸟有西尼罗病毒,触摸到它会被感染吗?"我问。

"我不知道,也许会,也许不会。我不是一个病毒学家,我只是个BIRDSMAN(鸟人)。"他说。

"你见过西尼罗症的患者吗?"我问。

"你说什么?"他转头望着我,他分得很开的眼睛和尖尖的脸型真的很像一只鸟。他回答我:"我见过太多了。在我的家乡尼罗河畔,很多人都带有西尼罗病毒。我年轻时还在埃及,有一次一个英国的研究小组给我的村子所有人化验了血,结果有一半的人身上都有西尼罗病毒,包括我也是西尼罗病毒感染者。可是,我们都还平安地活着。"

鸟人优素福收集好死鸟之后,还没有走的意思。他问我可不可以坐在园子里吃他的午餐?我虽然不是很乐意,也不好意思拒绝。他从车里拿出一个锡制的雕花饭盒,里面有一些面饼,这种面饼我在开罗街头看到过。鸟人优素福一边撕食着面饼，一边还在说着尼罗河的事。他说古埃及人相信人死了之后，灵魂会变成一只鸟飞到天上，所以我们所看到的许多鸟身上其实有人的灵魂。既然鸟的身上有西尼罗病毒，那么人身上感染病毒就不是奇怪的事。尼罗河边的人一直和西尼罗病毒相安共存。但是对于外来者就不会是这样。最明显的例子就是公元前323年，正当壮年的亚历山大大帝死在了巴比伦，当时他才三十二岁。亚历山大大帝是古马其顿王国的国王，他在征服了埃及之后来到巴比伦，巴比伦城内有大批的乌鸦莫名其妙地死亡，就像去年纽约州大量乌鸦死亡一样。从那天开始亚历山大大帝连续几天高烧不退，最后变得神志混乱痛苦死去。现在很多人都相信亚历山大大帝是死于西尼罗病毒。

我对于他说的事情将信将疑，不过觉得还是有点根据。也许是尼罗河畔的原住民身上有一种抗原体，能够在感染了病毒的同时不会发病。但是有一点我不理解，既然这是一种古老的疾病，为什么到近几年才开始暴发呢？

鸟人优素福无法回答这个问题。但是他说起了另外一件事情。他说北美前年的冬天几乎没下过什么像样的雪，天气奇暖，结果北边森林里的棕熊因温度太高无法冬眠，醒来爬出树洞又找不到东西吃，所以跑进人的居住地伤了好几个人。冬季气温偏高还使得很多本来会被冻死的昆虫存活了下来，造成树林到处闹虫害。虫子多了吸引了更多的鸟类，而鸟类又把西尼罗病毒到处传播开来。优素福指着园中的大树说，这树上也长满了绿色长毛虫。

我抬起头来，并没有看见什么，因为树枝比较高。优素福递给我一个望远镜，那是他用来观鸟的。我举起一看，看见在一条树枝上爬行着许多长着绿毛的虫子，其密度十分惊人。

"真的是这样！这是怎么一回事，我怎么一点不知道？"我惊讶地说。

"本地的电视上不是每天在说这事吗？还有报纸。"优素福说。我有点惭愧。因为英文节目看不大懂，我平时几乎都是看卫星电视大陆的中央四套节目，每天还能看到李瑞英、罗京他们亲切的脸孔。本地的频道除了偶尔看看气象，就是NBA的篮球比赛。

"你们这个区域情况还好些，在密西沙加那边情况十分糟糕。那些虫子已经开始吐丝，纷纷降落到地面，好多人家的屋顶和车道上都布满了虫子，一脚踩下去都是黏稠的汁液。如果这样下去，城市里大概有五成的树木会被虫子咬死了。"

"你说树上的虫子都会爬到地面上来吗？"我大惊失色。

"这是肯定的。不过我知道市政厅正在筹备一个计划，准备用飞机在空中喷杀虫剂。议员们正在讨论准备叫联邦政府提供五百万加元的灭虫费用。"

"这真是不可思议，在居民区怎么可以用飞机喷药呢？那不仅是杀了虫子，也许连人都杀掉了。"

鸟人优素福这时准备要爬到树上布置几个捕鸟笼，抓几只活鸟标本用作化验。他上了树，爬得很高，很快被树叶挡住了。我坐在树下，张望着树枝间若隐若现的优素福。我现在已知道鸟人的身世：他年轻时是尼罗河边一个捕鸟人，他们家世世代代做着这件营生。后来他来到了北美，曾受雇于纽约机场，在跑道边驱赶飞鸟，他用的是一组麻榉鹰。机场后来换了用机器发出的超高频声波驱鸟，他重新成为自由的捕鸟人。那天鸟人在我家后园的大树上待了很久。起先我觉得他工作很认真，后来，我发现他可能是在和飞来飞去的鸟儿玩耍。他一直待在树冠上，差点像鸟儿一样飞上了天空。

我的妻子，一直站在屋内的窗边，注视着鸟人优素福的一举一动。

七

  我发现，妻子最近老是会站在玻璃窗内，不声不响注视着外边的景物，而且她注意的事情是我无法觉察到的。自从前天她摸到了那只黑色的死鸟之后，她好像也获得一种鸟一样的特殊感觉。那天夜里我睡得正香，突然被她推醒了。她说你醒醒，我看见了隔壁的那个斯沃尼夫人了！我还有点睡意蒙眬的，说，你嚷什么？半夜三更的是不是在做梦啊？她把我拉起来，到了玻璃窗前，让我贴着窗户看外边的夜色。从我这个角度看下去，正是斯沃尼夫人家的前花园。白天的时候，花园里的那棵巨大的伞状树上开满了绯红的花。这花有点像日本樱花，但是比樱花香更加浓郁。树下的园艺花草都很别致，经常有路人在这里拍照取景。那个时候我有点纳闷，这段时间她家好像变得很冷清，好像没什么人住在里面，不知是谁在照料着这些花草。我揉着惺忪的睡眼，仔细看着外面。这个时候我真的看到花园里有人影在晃动。我渐渐看见了一个人，是个剪着短发的妇女。她正用一个小耙子在给花坞里的花儿松土，还一边浇水呢！我看得很清楚，不会是在做梦。她所处的地方临着街路，有路灯柠檬黄的光线照耀过来，可不知为何我总是无法看得清她的面容。我不敢肯定她是斯沃尼夫人，我从来没见过她，现在也看不清容貌。有一点可以肯定，我曾注意过进出她家房子的好些个中年妇女，她不是她们中的一个，因为她的身影举动显得那样高雅又神秘。我发现自己显得有点激动，急于想看清她的面容，甚至还有一种冲动想跑到屋外的夜色里帮她浇水，这样我就可以看到她是不是湖边那个白种妇人。我在窗边看了她大概有两分钟，她徜徉在花园里，时隐时现，像照相机底片上的影子般虚幻不真实，然后她消失了。我有点怅然若失，因为还没看见她的真面目。不过我想她真要是回到家了，也许会来访问我们家的。如果她不来，那么我应该还会看见她，至少像今天一样在夜色里。我告诉妻子斯沃尼夫人回到了家应该是好事，表明即使感染了西尼罗症，也不很可怕。她不是痊愈回家了吗？我妻子说她并不这样想，为什么隔壁家的女人在半夜里给花浇水呢？小时候她外婆说过天黑以后就不可以给花浇水，因为这样做会使人变得很瘦的。

  第二天是周一，我陪妻子一早去家庭医生的诊所做检查。我们的家庭医生诊所还是一年前住的出租公寓附近的那一间，因为那个姓许的医生是台湾人，会说汉语。尽管我们事先已有预约，但还是要等候很久时间。候诊的人中除了几个华人，还有东欧人、波斯人、印度人和黑人。那个秘书是个香港移民，和我们熟悉，对我们有时很热情，有时会冷若冰霜。她的特征是后脑扁平，我们不知她的名字，所以我和妻子背后都叫她"扁头"。我们预约的时间已经过了很久，但"扁头"说我们前面还有五个病人。加拿大的医疗制度是全民公费医疗。普通的小病去看家庭医生，家庭医生认为你需要看专科医生了，你才能去排队等专科医生的预约。我们在十点钟左右见到了许医生，把情况告诉了他。许医生和我们也很熟，他说要给我妻子做一个全面的化验。他抽了她五六个安瓿瓶的血，其间不经意地问我是不是愿意也化验一下血。我有很长时间没检查过身体，觉得他的提议很不错。于是我到外面房间"扁头"那里拿来我的病历，挽起袖子让许医生抽了好几瓶的血。抽完了血，许医生又开了X光拍片、超声波、心电图等常规的检验单子，让我们去附近的一个医疗检验中心做检查。我们做好所有项目以后，问什么时候会知道结果，检验中心的人回答要两周时间。一周做化验，一周做报告单，然后送达家庭医生办公室。我们问是否可在一周检验结果出来后由我们自己来取报告单，这样可以早点知道结果。那个检验人员惊诧地看了我一眼，说这个绝对不行，只有从家庭医生那里我们才能知道结果。

做好了检验，已是中午时分。我们就近找了家麦当劳快餐店吃了点东西充饥。我发现妻子的神色开始不对。她说要等两个星期实在太久，会不会错过了治疗时间？我安慰她说：你绝对不会有病。这么多的人告诉你西尼罗症是血液传染，而不是接触传染。而且你的样子非常健康，一个汉堡包加一份薯条很轻松吃下了，怎么可能有病呢？她说自己其实一点也不想吃，是为了增加体力才尽力去吃的。要是她吃不下东西了，那就情况严重了。从这天开始，我让她不要上班，在家歇着。我这样做其实犯下了一个错误，不应该让她一个人待在家里，让她有充足时间去胡思乱想。

周三的黄昏，吃过了饭，我准备和妻子一起出去散步。刚要出门，看见邻居斯沃尼家门口陆续来了很多的车子。先是有一辆大号的GMC SAFARI旅行车，顶上驮着两条独木舟，接着看到一些车拖着水上冲浪摩托，还有一辆卡车后面拖着一条大游艇。如果这个时候我看到有一辆车子拖着一架水上飞机，我也不会奇怪。我在去年秋天看见过邻居家的车上驮过独木舟，也看到过一条游艇在车道上过夜，但是从没看到像今天这么多的车和水上运动设备。这些车并没有停在他们家的车道上，而是都停在马路边，有许许多多的人下来进入他们家的房子。我想起，他们家里好像很久没什么人进出了，斯沃尼的老公和两个儿子也很久没有见到。今天这么多人来到了他家看起来很不寻常。我告诉妻子，也许斯沃尼一家一直在大湖边的度假屋里待着，陪斯沃尼养病。现在她的病治好了，他们一家都回来了，连游艇独木舟都带回了。我妻子说，那为什么会有那么多人呢？我说这大概是他们的朋友来为斯沃尼夫人康复回家开庆贺派对。

就在这个时候，我发现了不同寻常的景象，有一辆黑色的轿车开过来了，车上装饰着洁白的百合花。黑色的轿车直接开进了斯沃尼家的车道，停了下来。我惊愕地看到斯沃尼的丈夫和两个儿子从车上下来，他们都穿着很庄重的黑色西装。我看到过他们很多次，每次他们都是穿着宽松的便服，从来没穿得像今天这样认真。他们的神色很沉重，不过看到我们时还是客气地问候致意。

"好久不见，你们都好吗？"我走了过去，问道。

"是呀，我们好久没回来了，我们都在湖边，陪着我母亲。"斯沃尼夫人的儿子汤姆说。

"斯沃尼夫人好吗？是不是她也已经回来了？"我说。

"不，她没有回来。我的母亲去世了。"汤姆说。

"什么？这是真的吗？"我难以置信地说。

"是真的，她在一周前去世了。从去年夏天开始，她的病情似乎在慢慢好转，可最近情况突然恶化了。她和西尼罗症战斗了很久，最后还是没有赢它。她去世后，我们把她送回了她的家乡新泽西州。你知道，她是一个美国人。"斯沃尼夫人的丈夫麦克说。

"我很悲痛听到这消息。她是个好人。"我说，心里突然觉得空了。很奇怪，几天前的夜里我和妻子看到了一个妇人在她家花园种花，以为她是斯沃尼夫人，可那个时候她已经去世了。

那个晚上我一直想着斯沃尼夫人。我一闭上眼睛，脑子里就会出现她昏睡的样子，殷红的血从她鼻腔里不停地淌出。我现在无法把斯沃尼和湖边的妇人区分开来。有一个念头从我心里滋生了：我得重新去一次阿岗昆的那个湖畔，去看一看湖边的妇人。她是不是还在那里，她还在流鼻血吗？

八

家庭医生诊所的秘书"扁头"告诉我们要等两个星期才能收到检验报告单。起初我以为两个星期很快就会过去的。但我很快发现，这两个星期将会过得极其地沉重。我妻子现在的状态十分不好，邻居斯沃尼夫人的去世加深了她的惊恐。她的身上出现了很多的症状，先是感到手指关节酸痛，皮肤有烧灼的感觉。很快又感到胸闷得透不过气，伴有剧烈的疼痛。她现在安静不下来，得不停地走动，头几天只是在屋内走，后来觉得在屋子里喘不过气，便跑到马路上走了。起先我还去上班，让妻子独自在家休息。其实我要是带她一起上班，让她做点事情分分心，也许会好得多。那几天我虽然在工作，可总是不放心，不时会打电话回家问她情况。有时打电话回家没有人接，我就知道她一定出去在路上走了。她对我说在室外不停地走，感觉会放松一些。几天以后的早上，我上班不久，她就打电话过来，说自己心跳得受不了，让我赶紧回家。我看到妻子的情况确实不对头，头发变得没有光泽，几天之内白了一大片，像干草一样枯涩。她的脸色变得土黄，眼神无光。她告诉我自己在路上来回走的时候，邻居家那个种郁金香的老头会一直盯着她看。她走到路的尽头了，老头还在看着她。我说你这个样子是不大对劲，头发也没梳理，衣服纽扣也错了上下排，谁见了都会觉得怪怪的。我告诉她不要紧张，她不可能会得病。为了说服她，我和女儿整天在互联网上查她的病症。我们把她的症状输入电脑，出来的结果根本不是什么西尼罗症，而是更年期的反应。还有一种可能是焦虑症，是受了惊吓的原因，造成了植物神经紊乱。但是，她不相信我们的说法。如果我们坚持这么说，她就会生气，症状会加重。

为了陪她渡过难关，我不再去上班。我在公司门口挂上了因为度假暂时关门的牌子，虽然这样每天会损失几千美金的销售收入。我整天陪着她，她觉得胸闷时我给她做后背按摩，她紧张时我得不停地和她讲话，让她精神放松。她的脾气变得很像一个三四岁的孩子，时好时坏。我陪她到外边散步，这是她最重要的一个自我调节项目。我和她在周围的林荫路上走路时，她会显得很高兴，症状会减轻许多。我们结婚十多年了，除了婚前一段日子，结婚后几乎没有这样亲密地结伴走过路。她一边走路一边会说很多很多的话，止都止她不住。她说前一天遇见那个姓甄的台湾邻居，以前从来没有和他说过话，昨天他在门口除草，主动和她打招呼。他说前一天夜里有人往他的院子里扔了好几条鱼，问她有没有遇到同样的情况。她说台湾人一定乱说，鱼怎么可能乱扔呢？真好笑！她又说路口拐角那个带雕花铁栏的花园主人是个印度人。她一直讨厌他花园里种了很多花但种得乱七八糟，还开满了蒲公英。前天她经过印度人花园前时看到印度人在花园里拔草,和她一样用手拔。印度人说自己是做餐馆生意的,平时太忙,喜欢种花又没有时间,所以花园会这样凌乱。妻子说现在她决定原谅他了。她还带我到后边一条小道上看一座新翻建的房子。翻建后的房子前面墙体上贴着花岗岩,这正是她最喜欢的石头。她说我们以后要把房子也推倒重建。她心里都有图纸了,那样我们房子的面积还可以增加一倍。我们经过另一家同样翻修过的房子,那座房子的墙体抹了灰浆,抬出来的一层楼像个小帽子一样。妻子对这个房子嗤之以鼻。

我们每天会走到三条街之隔的 GOD STONE(神石)大公园。那里有一大片的草地和一大片的树林。草地上有两个足球场。傍晚时分有很多人在踢足球。有一支队是些韩国年轻人,他们有自己的队服,还有漂亮的女孩子在一边助阵。和他们对阵的是一群黑人的孩子。我通常会坐在长椅上看他们踢球。有时也会看着那些遛狗的人,看着一些来探望子女的中国老年人在树下打太极拳。我妻子开始做自编的体操。她的第一节是双手十个指头叉在一起,手心向上往高处举,然后做深呼吸下蹲或起立。第二节是自编的瑜伽功,两臂前伸,一只腿抬起向后,样子像飞机一样。第三节是倒退着走,没有走几步她的步子就同手同脚了。她做得极为认真，下午的烈日照在她脸上，脸庞被晒成古铜色，出现了蝴蝶斑。汗水挂满了她的脸，她全然不觉。她的这种认真让我感动，女人有时是很坚强的，我知道她其实在全力以赴与疾病做战斗，尽管这种疾病不一定存在。

在回家的路上，我得加倍小心，因为这个时候她的情绪会变得十分沮丧。她说自己很怕回家。她以前最喜欢待在家里，不喜欢外出。现在都变了。以前她看电视连续剧不要命，能看到深夜，可现在一看到电视剧她就马上让我关掉。但我们总还得回家。走在回家的路上，天开始暗淡下来。我得不停地说话让她开心。在经过一个路口时，我看到有一户人家的园子里有一束树枝伸出了木墙，上面结着一些红色的果子，看起来像是山楂似的。我伸手摘了几个给她看，说：这是什么果子呢？我说我来尝尝这是什么味道，说着就咬了一口。这果子味道极为酸涩，让我龇牙咧嘴。妻子当场就变了脸色，指责我为什么这样乱咬东西，要是中了毒怎么办？照平常，她大概责怪我几句就会算了。但现在我发现她的眼神过于亢奋，嘴角带着白沫。我抓住她的肩膀，让她平息下来。我感到她背部的肌肉绷得紧紧的。一种恐惧的感觉袭上我心头，看来情况越来越严重了。

九

鸟人优素福又来了。我打开门,看见他那辆画满了飞鸟的厢式车停在我家的车道上。他看见了我远远打招呼,说那只死鸟的化验结果发现了西尼罗病毒。还有,他在我家后园大枫树上布下的捕鸟笼捕到的鸟里,有一只北美蓝鸟和一只红衣主教鸟带有西尼罗症病毒活体。而且,卫生部已经得知邻家的斯沃尼夫人的死讯,她是北美今年第五十一个因此病毒致死病人。卫生部把这一带列为高危地区,从明天开始要进行大面积的消毒灭蚊处理。他的手里拿着一大捆的印刷品,自己在路边的电线杆上张贴着。那上面画着一些鸟的图画,告诉人们发现了死鸟要报告卫生部门来收集调查,不要私自处置;不要在黄昏时分裸露皮肤待在室外,以防蚊子叮咬;如在室外活动最好在身体上搽上避蚊剂。鸟人把我带到后园,指着一些积着水的旧花盆之类的东西,告诉我这些水里会长蚊子的幼虫。我端起一个花盆,仔细看,真的看见一些红色的线状幼虫在蠕动。他还让我去看树枝上的绿毛虫,它们的体形看起来比上回看到时大多了。鸟人告诉我,市政厅已经租用了飞机，明天也要开始在空中喷药杀虫了。

所以在第二天，我让妻子不要外出活动，待在家里。上午九点钟左右，听到有飞机在附近超低空飞行，大概是喷药杀绿毛虫的。中午时分，有大批穿着白色防护衣的人进入这个地区，看起来像是电影里的3K党人一样恐怖。我看见后园里有两个消毒人员进来了，他们的背上背着电动的喷雾器，把白色的水雾到处乱喷。其中一个人看见了站在窗内的我，向我举起两个指头做出"V"的手势。尽管我已将门窗紧闭，只使用空调机换气，屋内还是充满了浓重的药水味道。

近黄昏的时分，家庭医生的秘书"扁头"打来了电话，说明天上午许医生要见我。我问她是不是检验结果出来了，她说是的，具体要问许医生，她无可奉告，说着就挂了电话。"扁头"的电话绝不是好消息。通常如果检验没问题的话，得两个礼拜才能拿到报告单。如果有问题，时间会加快，中途家庭医生会给你下通知。验血的时间到今天才过了七天，所以肯定是有事了。我的心咯噔一下沉了下来。我真不明白妻子的运气怎么会这么差，仅仅摸到一只死鸟就感染上了病毒。但现在我无法再对她说没事了。妻子变得很安静，脸色发白，身体好像缩小了好多。我安慰她不要太紧张，究竟发生什么事情现在还不知道，等明天见到许医生再说。就算是有了问题也不能害怕，害怕只能把问题搞得更加麻烦。

现在想起来，那天晚上是我记忆里最为不舒服的夜晚。我躺在床上，脑子里一片白光，头痛欲裂。我感觉到在我的屋顶上和屋檐边到处都栖息着飞鸟，飞鸟在窃窃私语，飞鸟显得兴高采烈。飞鸟飞舞在我的房间里，飞鸟钻进了我的被子，钻进我的脑子！我睡在一个臭烘烘的鸟巢里面。后来我梦见了后园雪地上的动物脚印，有一只动物在园中来回地走。那是一只猫科动物，全身漆黑，露着凶猛的獠牙。我听到妻子在哭泣，不是在梦里，她真的在哭。她说自己好害怕，她想要回中国去。我说好吧，我们明天就去买飞机票回国去。可是我这么说她又说不行，因为中国没有西尼罗症，不会治这种病。我说那先别想这些事，还是明天见了许医生以后再作计议。

第二天一早我和妻子到了家庭医生诊所。我们先得找"扁头"登记。"扁头"忙得不可开交。她的头上戴着电话耳机，由于头太扁，头的两侧太窄，耳机滑到了一边。好不容易轮到了我们，"扁头"对我说：许医生要见你，不是你太太。我当时头更加大了，我的理解是妻子的问题一定很严重了，医生怕她会受不了刺激，要先把情况告诉家属。妻子的想法和我一样，她对我说事到如今她也不怕了，还是让她早点知道详情为好。然后妻子紧紧握住我的手，如入刑场一样走进许医生的工作室。许医生看见了妻子，说：你的血检报告已经出来了，没有问题，一切正常，很健康。然后许医生转头对我说：你的血检报告西尼罗病毒呈阳性反应，说明已感染了西尼罗症，得立即接受专门的治疗。

听到许医生这么说，我当时的第一反应是想哈哈大笑。怎么可能？搞了半天竟然是我感染了西尼罗症！我庆幸妻子没有事了。要是她的血检有点问题，她今天的精神非崩溃不可。

十

就这样，我糊里糊涂地成了西尼罗病毒的感染者。卫生部门对我的病例给予特别的关注，因为我是从亚洲来的移民中首例感染者。我成了一个研究课题，被安排住进了北约克总医院，受到严格监护，每隔三个小时会有一个护士来给我测量体温、血压、血糖含量、脉搏等。而每天早上，都会有一个戴着口罩的医生领着一群同样戴口罩的人来看我，问很多问题，之后就会开始抽我的血化验。我记得几乎每个早上我都会被抽走好几瓶血，以致后来的几天我一看到抽血的护士，就想拔腿逃跑。这个时候我想起三十多年前我家一只可怜的鸡。那时中国流行注射鸡血，我母亲多病，每天让我去抓我家唯一的那只鸡抽血给她注射。我记得我去抓它时，那只鸡会死命逃跑，最后被我抓住了，它恐惧的样子让我至今忘不了。而现在，护士来给我抽血时，我会感觉到自己就成了当年那只心怀恐惧的鸡。

现在我相信自己感染西尼罗病毒是因为在花园里种花时受到蚊子的叮咬。这种蚊子叫嗜鸟蚊，最喜欢吸鸟类的血，如果看到一个光着膀子臭汗满身的人体它们当然也不放过来叮几口。蚊子在吸血之前，会先将一些抗凝血的血清注入被吸血者的体内，就是这样，我的身体里被注入了鸟类的血清。想起来这真是一件奇妙的事情，我的血液中竟然有飞鸟的血清！我不知这是哪一种鸟的血清，我不希望是那种吵吵闹闹的麻雀，也不希望是难看又不吉利的乌鸦，猫头鹰和美国秃鹫也不怎么好。如果是天鹅、灰头雁、火烈鸟、信天翁的血清，我心里会好受些。有几天我一直想着这个问题，感到皮肤奇痒，好像有许多细细的绒状羽毛将会长出来。我不知这是不是西尼罗病毒引起的一种幻想症状。

然而一周后关于蚊子传染病毒给我的结论被医生推翻了。一共有三个病毒学专家医生参加了我的病例分析，他们从我的血清培养分离结果中发现我身上的病毒基因已经产生变异，从变异轨迹来看，病毒已经在我身上潜伏两年多时间，而不是今年夏天被蚊子咬过后才感染的。医生十分关切我身上的病毒感染源头，所以极其详细地查询了我在两年前夏天那段时间的活动情况。医生要我回忆这段时间所接触到的人、所去过的地方、所经历过的有可能导致感染病毒的事情。我向医生说明了前年夏天我除了读成人英语补习班，就是到处闲逛、打球、钓鱼，去图书馆、博物馆。我不可避免地说起了因为GROUP OF SEVEN（七人小组）的风景画引发的去北部大湖钓鱼看风景的事。我说了那边有很多水鸟、丛林、芦苇塘。我的心里涌起了对湖边妇人的强烈思念，但是我却没有说出她来。我只是忍不住问了医生一句："西尼罗症患者会流鼻血吗？"医生回答了我的问题，说这是有可能的。部分西尼罗症患者的白血球会处于很低状态，某些时候毛细血管会大面积破裂，造成鼻腔出血。接着医生马上问我："你是不是那段时间和鼻腔出血的人接触过？或者你有什么异常的情况要说明？"我说没有什么，只是随便问问。我不知怎的不想把这段经历告诉别人。但是医生显然从我的身体语言看出我隐瞒了什么事情。医生说一个病人有义务向医生坦诚病史详情,尤其是有关一种很可能会导致人类大灾难的致命的传染病。这种情况如同一个案件的目击者有义务向司法部门做出客观的证词,拒绝做证或者做伪证都会导致严重的后果。但我还是支支吾吾不愿说这事,我觉得这只是个很私人的问题,而且我觉得如果把我的病史和湖边的妇人连在一起,怕今后会对妻子解释不清楚。

　　过了两天,护士跟我说我今天要接受一项全息脑部记忆测验。我没听说过有这种测验,北约克医院里现有的超声波、CT、核磁共振等所有的项目我都做过了。后来我知道这项测验不在本医院做,要去多伦多大学新建成的医学心理分析总实验室。我坐上了一部带有警报器的救护车,由穿着制服的救护人员和医生护送。一小时后,车子进入郊区一个环境幽雅的园区,在一个庞大的建筑物内部停下。我进入了实验室,这是一个充满幻想的房间,看起来像是在银河系某个星际航天站之中。这里的护士一定是经过专门挑选的,年轻漂亮,会让人全身放松下来。我被带上了一台机器,全身被接上了很多的电极,尤其是头部的电极最为集中。然后我被注射了一针药水。一种带金属味的热浪在全身荡漾开来。在由许多声音组合在一起的蜂鸣声中，我的座椅被推向前。我马上感到一阵浓重的睡意，然后什么也不知道了。

当我重新有所知觉的时候，我发现自己是在飞翔，周围有很多的大鸟和我一起在飞翔，但我看不见前方，周围是浓重的云雾。我飞了很久，然后随着鸟群飞出了云雾。我看见了湖水，看见了森林。盘旋了一会儿，我似乎看见了湖畔的度假屋和木头的栈桥。我好像是受到一种外力的控制，飘向了那个房子。我看见了湖边的妇人，她显得那样虚弱又美丽动人，她身上某个地方出着血。我和她在一起的时候，始终感受到有一种身体的愉悦。我现在记忆里只有那种愉悦的一点痕迹，无法复述当时详细的细节，因为细节记忆的磁道已经被医生抹去了。在结束这个最新的测验之后，我明白了我的梦境其实是控制在实验室医生的屏幕上。医生让我飞翔在梦境的全景里，在他看出我梦里的意愿时，只要把鼠标一点，我在高空的盘旋状态中就会飞向湖畔的度假屋，就像一枚导弹一样。这真是一个可怕的实验，他看清了我梦境里的一切！我相信我和湖边妇人会面时那种愉悦里一定有很多令人脸红的画面，一切的图像都已经记录在他的磁盘里了。而他在结束实验时抹掉了这些，只根据他的需要留下一点痕迹作为给我的提示。果然在实验之后医生和我谈话时，指出了我前年夏天在阿岗昆湖畔钓鱼时发生过不寻常的事。经过了测验，我觉得没有必要再藏着掖着了。我把自己能记起来的事情都说了。而且也说出了自己对感染病毒的可能性的想法。当我为湖边妇人止血时，我的手指上有被鱼线割开的创口，是否在那时受到了感染？医生没有回答，只是把我的话记录在案。医生说他们会去寻找那个湖边的妇人，去查明她是不是我身上的西尼罗病毒的源头。我显得情绪激动，我对医生说，希望他们在找到湖边妇人的时候不要打搅她的生活。

半个月后，我离开了北约克总医院，被安排到了阿岗昆地区一个康复中心做休养治疗。这个地方坐落在森林里面，面对着冒着雾气的湖湾。医生告诉我：我属于西尼罗病毒的隐性感染者，目前没有发病迹象。也许以后也不会发病，但是也许会发病。我不需吃药，不需打针，因为这种病毒没有任何一种药物可以对付，主要靠自己的免疫能力来抵抗。当然，森林里清新的空气、充足的阳光和适当的体育活动会对恢复健康有很大帮助。医生没有向我透露他们是否找到了湖边的妇人，但我觉得医生把我安排在阿岗昆的湖边，让我回到事情发生的源头地点，好像是一种心理的暗示疗法。

我没有生病的感觉。除了体温略微偏高零点三摄氏度，没有明显的临床症状。我每天的事情就是去健身房健身，去图书馆看书，还有在森林里漫步。我最喜欢的事还是独自在湖里划独木舟。阿岗昆湖面积很大，方圆有几百公里，湖上有上千座的小岛，据说是冰川后期的地质运动造成的。我整天在湖上划着独木舟，逐渐对周围有了了解。我试图沿着湖岸去寻找那个度假屋，却始终想不起准确的位置。有一天，我终于看到了一座水边的房子很像我记忆里的那一座，但是我却没有看见我在上面钓过鱼的木头栈桥。那座水边的房子好像是被废弃了似的，有许多白色的水鸟栖息在房子上，还有许多白色的水鸟正降落在房子上。那天湖上笼罩着浓重的白雾，雾气中鸟儿像纸片一样、像飞舞的雪花一样飘落下来停在房子上。此时我的心里无比忧伤，我继续划着船靠近水边的房子。白色的水鸟还在纷纷飘落，有一些水鸟落在了我的独木舟上，还有几只停在了我的肩膀上。

2008年3月5日

猹

一

经过二月中旬那场五十厘米厚的暴风雪之后，多伦多强劲的冬意终于减了势头，气候慢慢温和了下来。三月初的一个早上，我站在书房的窗口望着后园，发现邻居家屋顶上厚厚的雪被都融化得只剩薄薄一层了。那本来松软的积雪现在呈现出冰的晶体，底部开始有淙淙融水流淌着。那些树枝已经泛青，还在严冬的时候它们的芽苞就已经悄悄鼓起。再过上个把月，冰雪就会不见踪影，郁金香和黄水仙会最早开放，接下来什么苹果花接骨木花日本樱花接二连三都要来了，我们这一带街道会被争先恐后出现的花团锦簇所包围。

来加拿大定居已有十多个年头了。往年闻到春天到来的气息时，我总是会感到阵阵苏醒般的欢欣，即使在刚刚到来的那几年生活和生意上最为困难的时候也是如此。但是今年有点不一样，春天的气息让我感到一阵阵焦躁不安，因为有一件特别麻烦的事情在等着我去做，而我对处理这类事情毫无经验也毫无信心。我开始频频注意天花板上面的动静，半夜里还尖着耳朵捕捉阁楼顶的声音。在冬天之前，有一家浣熊入侵到阁楼里面做窝，这正是让我心烦的事。

整个冬天里阁楼上悄无声息。但几乎在我开始闻到春天气息的同时，我感觉阁楼顶上那一窝冬眠状态的浣熊也开始有了活动的迹象。它们的动作很轻，听不到声音，但是它们之间一定会有一种语言，可能在谈论即将到来的春天的计划。它们的唧唧声通常在凌晨发出，听起来很是可怕和令人厌恶。它们明显已从冬眠状态苏醒，有一天，我看到在二楼客房雪白色的天花板上出现一团棕色的印渍，而且有强烈的臭味。我知道这是浣熊排出的便液渗透到下面来了。我虽然恨得咬牙切齿，但同时也知道问题糟糕到了透顶，往往也就会出现解决问题的机会。

话说回来，浣熊入侵我家阁楼是和我以及我妻子一连串的错误做法有关系的。当年我们移民到多伦多刚刚买下这个房子时，周围的浣熊和臭鼬确实很多，半夜里经常会被它们发出的剧烈臭气熏得醒过来。顺便说一下，浣熊和臭鼬是两种动物，可我们刚来时把它们混为一谈，都叫它们raccoon。其实raccoon只是浣熊的名字，臭鼬叫skunk，那臭不可闻的气味是臭鼬发出的。那时普通垃圾和食物垃圾还没分类，垃圾桶也没有闭锁装置，所以垃圾桶里的食物残渣足够供这些小动物生长。浣熊和臭鼬抢夺食物时会发生争斗，臭鼬个头比浣熊小很多，打不过浣熊。但是臭鼬有一绝招就是它的液体状臭屁，喷到其他动物身上会让对手中邪似的抓狂。所以那时我们在半夜闻到的臭气其实是浣熊和臭鼬之间争斗的"硝烟"。不过七年前市政府开始了垃圾分类，用绿色的垃圾小桶收集食物垃圾。这种厚壁的密封桶有坚固的钢扣，小动物是无法打开的。这样，小动物没有了人类提供的食物来源，只得退回到树林里去。自那之后，我们明显感到浣熊少了许多，夜里经常臭醒我们的臭鼬也不见踪迹了。

然而，近年来，浣熊似乎有点卷土重来的迹象。我不相信这是所谓的地球气候变暖现象造成的，倒是觉得和搬入这个区域的大量新移民的生活习惯有关。比方原来在这一带居住的白人周末大部分都是到乡下别墅或者森林湖畔去野营，而新搬入的移民家庭周末都喜欢在后园搞烧烤聚会，结果这一带的空气里到处飘着肉食香味，这便是招引小动物的一个因素。拿我们家来说，按照我的看法，那群浣熊也是我们自己引来的，尽管我妻子一直不愿意承认这个事实。

事情是这样的。近年来，我妻子对生态健康问题特别感兴趣，天天在关心食品转基因的问题，不敢相信大农场种出来的东西。她现在最崇拜的是电视上介绍的一个自己在住家后园种植蔬菜的黑人妇女。事实上，早在三年之前，她就在后园试种过西红柿、黄瓜、茄子等，但除了摘到几个水瓜之外，基本没什么收成。因为我家后园那一棵一九六四年种下的大枫树树冠挡住了几乎所有的阳光，而蔬菜类作物几乎是需要全日照的。然而去年春天这棵大树被砍掉了，硕大的后园几乎全天阳光普照。除了一大片保养很好的绿草地之外，这里还有好几个裸露着泥土的花圃，地形略有起伏。我妻子面对着这一阳光普照的土地，脸上出现一丝特别奇怪的表情，好像陈永贵当年站在虎头山下决心要改变山河时一样。她心里大概出现了一幅宏图，以后这里就是我家甚至还有一些亲朋好友的有机健康蔬菜基地了。草地是她喜爱的，她不会破坏。她看中的是花圃。这些花圃以前是我管的园地，虽然我花了不少钱买了许多花草种植下去，但总是长得稀稀拉拉不成系统。我妻子早就对我的园艺嗤之以鼻，这个时候她就把花圃的种植管理权收去了。她决定来年要在这些地方种上各种各样的蔬菜。夏天的时候，她去爱德华市立公园的园艺中心上了一周的蔬菜种植课。那课程是政府免费提供的，上午上课，中餐还可以品尝本公园菜地里收获的蔬菜，下午有时还有乐队来表演。我妻子带回来一份自己想要种植的作物清单，并且开始着手一件重要的工作。她一直记得小时候学农时贫下中农说的那句话：庄稼一枝花，全靠肥当家。于是，在秋天花圃里的草花枯萎之前，我妻子开始了积肥的行动。

本来嘛，利用生活中的有机垃圾去沤制肥料是一件政府提倡的事情。上面说到七年前政府采取的绿色食品垃圾箱计划就是把食品垃圾拿去沤成堆肥，然后让市民免费拿回去供园林使用。政府也鼓励市民自己在花园里做有机堆肥。我曾上电脑去学过做堆肥的方法。首先要去家居用品超市买一个做堆肥的密封箱子，价格在八十美元以上。每次做堆肥的时候要撒入堆肥发酵粉，那种药粉大概和做馒头的发酵粉价格相似。而且食物垃圾在做堆肥之前还要严格挑选，得把一些气味浓重的东西去除。我看了一阵子后泄了气，这哪里是做肥料？简直像做结婚蛋糕一样昂贵和费事。我妻子倒是有一个好主意。她记忆里她已故的父亲过去在剖鱼时总是把洗过的鱼水连鱼鳞、内脏都倒在花坞里面，结果那花坞里的豆子、丝瓜长得特别好。她主张我们把食物垃圾直接埋进泥土下面，这样经过发酵和蚯蚓的吞食分解就会生成好肥料。我起初也觉得这个主意很不错。那一次我刚好从莱斯湖回来，钓了好大一桶的太阳鱼。我和妻子一起花了两个小时才把鱼杀好，鱼头和内脏、鱼鳞足足有十多斤重。我妻子早早看上了这堆未来的肥料，让我在花圃里挖个深坑，她亲自把这些鱼杂碎倒在坑里，然后我填回土，她还在上面踩了几脚。

搞好这些活，我本来以为这件事了结了，那些鱼杂碎会在泥土下渐渐消失成为环保有机肥。但是第二天我到园子里给草地浇水的时候，发现那个花圃里的土隆起来一大块。走近一看，原来那里的土被扒开一个大洞，埋进去的鱼杂碎全被挖了出来，一部分给吃掉了，还有一部分还是原来的样子。我知道这一定是浣熊干的（尽管有好多年没见到浣熊的影子了），只有浣熊才有这么大的力气把这么深的土挖开。那些没吃掉的鱼杂碎已开始腐烂，引来了一群群大苍蝇。我赶紧把这些鱼杂碎重新埋了下去，再次把土填实，并告诉妻子以后再也不要做这样的事了。但是第二天，那个洞又给挖开了，上次还没吃光的鱼杂碎这回都给吃掉了。我知道浣熊已记住了这个地方，就算我把土重新填上，它还是会来挖开的。于是我干脆就把土坑开在那里，让浣熊知道里面什么也没有了，免得它扒来扒去。

有好长的时间，我发现那个挖开的洞口没有什么变化，看来浣熊来过几次，找不到什么吃的，已经死心了。可是我的妻子却还没有死心。那些日子她其实一直在观察，寻找对付浣熊的办法。她很快想出了一个主意，而且马上动手开始实施。她找来一个 skid（运送货物的木头托盘），在埋好食品垃圾之后，把 skid 压在上面，再压上几块大石头。她相信这样浣熊就无法穿越坚固的 skid，她的城池固若金汤。但是那个夜里，浣熊敏锐的嗅觉闻到泥土底下的食物气味之后，先是扒了一阵子 skid，而后就采取打地洞的办法，从 skid 的边缘挖隧道进去，把刚埋进去的东西全吃了。

这一件事开始让我担心了。浣熊其实是我们熟悉的对手了，记得我们刚搬进这个屋子的时候，为了对付到垃圾桶里翻东西吃的浣熊，我买了很多驱兽的药粉撒在后园，一点效果都没有。后来听了人家建议在草地上浇肥皂水，在垃圾桶旁边涂辣椒酱，但也都不见效。那时我就对浣熊产生了一种恐惧，因为这种动物模样和国内引起"非典"的果子狸有点像，身上会带着狂犬病、犬瘟热等疾病病毒，还带有跳蚤、虱子、蛔虫等寄生虫。资料上还说，这种动物的记忆力很强，而且会有报复行为。当你埋下了它所喜欢的食物而又用障碍物阻挡它食用时，谁知它会采取什么样的报复行动呢？

而我的妻子却还在乐此不疲，入了迷一样继续往地里埋食物垃圾。现在她想出了另一种办法，把隔壁法国人泰勒家里剪下来的玫瑰花枝铺在上面。那花枝上长满了密密的尖刺，我妻子说这尖尖的刺一定会把贪吃的浣熊嘴巴刺出血来，说着她自己还偷偷开心地笑起来。后来的日子我都不愿意再去管这事情了，任她独自在后园里挖来挖去。我有一次听她说埋好食物垃圾之后，要往泥土上面浇大量的水，这样食物的气味就会给水冲跑了，浣熊就不会知道下面有东西。我不知道她是不是真的骗过了浣熊，也许只能骗骗自己吧。到后来，她发现雨天埋藏垃圾的效果最好，因为雨水会把所有气味都冲走。我好几次看到她在雨天冲出去，在花圃里使劲挖着坑，掩埋着垃圾。有时天黑了，加上雨雾蒙蒙，人都看不见。我看过布鲁诺·舒尔茨的变形小说，有时会产生她和浣熊有某种联系的幻觉，甚至还害怕她会神秘消失。那时所有的食物垃圾全成了她的收藏，每次到星期二垃圾收集日前夜她都会把那些臭不可闻长满蛆虫的垃圾埋起来,那个绿色垃圾桶里最后只剩下一些空空的臭塑料袋子。来收垃圾的人每次都奇怪地看我几眼。

说来奇怪,虽然我对浣熊已经是那么熟悉,可从来没有见过它的样子,因为它总是在深夜里活动。有一天夜里,我睡不着觉,起来看书。忽见窗外的夜空有一轮皎洁的明月,便走到窗边看看后园的夜景。就在这时,我看见一只浣熊正在花圃中刨东西吃。这是我头一次目击这种动物,它的面部酷似昔日在动物园里见过的小熊猫的脸庞,眼圈周围黝黑,好像是佐罗戴着黑眼罩。它的身材比猫大数倍,长毛色灰泛白,厚茸茸覆盖着肥胖的腰身,翘臀后的粗尾上有一节节的深色环印。这时候我脑子里突然出现一段鲁迅先生的文字:深蓝的天空中挂着一轮金黄的圆月,下面是海边的沙地,都种着一望无际的碧绿的西瓜,其间有一个十一二岁的少年,项带银圈,手捏一柄钢叉,向一匹猹尽力的刺去,那猹却将身一扭,反从他的胯下逃走了。我想起这段《故乡》里的描述是因为我觉得鲁迅先生这里所写的猹会不会就是浣熊呢?鲁迅先生自己说:"'猹'字是我据乡下人所说的声音,生造出来的,现在想起来,也许是獾罢。"从鲁迅先生的语气来看,这小动物到底是不是獾他也没把握，所以我怀疑说不定这"猹"就是浣熊呢。这样的想法让我觉得很有意思。我想起来我最初读到这段关于闰土的描写是在一九七三年初中的时候，那时候的课本里有很多鲁迅的作品，但我一直不喜欢他的人物，一个个都被命运摧残了，性格压抑得要命，唯有这一小段关于闰土的文字闪现着生命灵光。我想不到离开故土这么多年，在遥远的加拿大的住家后园，居然看到了可能是鲁迅先生写到的那"猹"及相关月夜场景。这真是应了那一句话：走得足够远，你就会遇见你自己。

我妻子埋垃圾的事情一直持续到深秋，终于有一天她发现她埋下的东西完全没有被浣熊发现了。这个时候所有的树叶都掉光了，候鸟也都飞往温暖的地方去了，夜里室外的温度已经达到零下好几摄氏度。某天我妻子有了新发现，觉得夜间屋顶上面似乎有些响声，后来看见一个屋角的天花板上出现了一些湿渍。于是她让我白天时爬到屋顶看看，是不是屋顶的沥青瓦片破损了导致雨水渗漏？我爬到屋顶仔细检查，屋顶瓦片俱全，没有破漏。但是我在后园屋檐下面的椽缘处发现了一个小破洞，似乎是被动物的利爪扒开的。逐渐地，天花板那水渍印痕在扩展，并散发出一股尿臊味，提示天花板上面窝藏着动物并排泄出污秽物。天花板上面是一个阁楼，平常我们是不会上去的，除非为了维修房屋。有一天我妻子抑制不住好奇心，站在梯凳上推开通向阁楼的天花板活门把头钻进去张望。她突然看见黑暗中有一小兽就坐在离她不到三米的地方看着她，猛然间四目对眼相视，吓得她魂飞魄散，原来是只成年浣熊！我们由此确信浣熊已进踞了我家宅顶，怪不得最近都没有到花圃里挖掘食物。

二

去年深秋浣熊入侵我家阁楼的那些日子，正是多伦多选举省议员的时间。这个时候路边每个住家的草地上会插上选举的广告牌，蓝色的是自由党的，红色的是保守党的，牌上都印有候选人的画像。我虽然在加拿大十多年了，但始终还是搞不明白这两个政党有什么区别。记得那年我们刚刚搬入这条街，有一天看到路的两边突然插满了牌子。由于前些时间一直在看出售的住房，知道只要出售的房子门外才会插上牌子。当我看到那么多牌子，以为这些房子都要出售了，大惊失色，觉得这下房价一定会跌透了，后来才知这些牌子是选国会议员的宣传牌。在这里住了十多年，我多少也有了点进步。我知道这回保守党的候选人是现任议员，名字叫威丹娜，是个金发的女人，样子很漂亮。而挑战她议员位置的自由党候选人哈斯勒，样子和名字都有点像希特勒，长着一撮小胡子。我有点不喜欢这人，虽然我对他的政纲一无所知。所以当那些扛着广告牌的人来问我是否可以在我家门口插选举牌时，我对自由党的那个说No，对威丹娜的选举牌说Yes。

在威丹娜的选举牌插到了我家门口之后，当天下午她的华人选举助理就来登门拜访表示感谢。这位华人助理我是认识的，她姓龚，以前在我家不远的地方有一座房子。她把那房子内部隔成一个个小亭子间，租给新来的华人移民居住。新移民在国内网上就能找到她的房子，名称叫枫华移民接待站。当然那些亭子间在网站照片上看起来像大套房，洗脸盆拍得也有浴缸那么大。她以前的生意是很好的，但这些年的新移民少了些，而且来的都是有钱的，不会去住亭子间，所以她的生意应该不如以前。可能是这样的原因，她开始做选举助理了。龚助理说威丹娜议员对本地区华裔选民感情很好，非常愿意帮助华裔选民解决实际问题，问我有什么事情需要议员的帮助。她说威丹娜议员明天晚上在A.Y.JACKSON中学有个选民联谊会，可以当面和选民交流。我想起了浣熊入侵的问题，说现在浣熊在我家阁楼里做窝了，问议员能不能让市政府帮选民解决这方面问题。选举助理在iPad上记下我的问题，当天晚上给我打来电话答复，说威丹娜议员十分重视这个事情，明天在联谊会上就会请多伦多有害动物防治公司WILDAMERICAN的人来参加，做现场解答。选民有什么问题可以详细咨询。

A.Y.JACKSON中学离我家大概步行二十分钟路程，我女儿就是在这里念的中学。我除了以前到学校开过家长会，还去那里参加过很多次选举投票。自从加入这里的国籍，经常要去尽投票选举的义务，除了联邦层的选举，还有省选、市选。上面说过，我对那些选举人没有什么印象，但一次不落都去参加了。因为我认为既然已经加入加拿大国籍了，就要行使权利，给人家看看咱中国人也是有政治热情的。至于投票给谁随心所欲就是。我只有一次投票是事先有主张的。三年前我们一家人开车去两百公里以外的大湖花瓶岛，中途见到了一个巨大的风力发电站，有好几百个大风车巍然屹立在田野上。我让女儿在iPhone手机上查询这风力电站资料，说这是自由党的项目，发电功率在十五万千瓦。我记得国内的新安江水电站发电量是六十万千瓦，这个风力发电站相当于四分之一新安江水电站的发电能力，应该是很不错了。我觉得自由党这个项目有点意思，就在那一次省选时投了他们一票。可事后得知这个项目其实花了大量投资，风能发电的成本是传统方法的几十倍，完全是个面子工程，而成本全算到市民的电费账单上了，电费涨了三成。这下我又觉得后悔了，可见民主投票也是个麻烦事。

现在再说说A.Y.JACKSON学校。可以这么说吧，这里大部分华人近年来趋之如鹜搬来是和A.Y.JACKSON有关系的。A.Y.JACKSON是个画家的名字，是百把年之前本地一个七人组画派里的一名风景画家，这个中学就是以他的名字命名的。这个学校的学生毕业后上到名牌大学日后成就显著的数量众多，因而在多伦多的中学里是名列前茅的。十年前我女儿到这里上学时，我看过校长办公室外面走廊的每年毕业生的照片。最初的是二十世纪六十年代的毕业生照片，那时几乎全是白人脸孔，偶尔夹几张黑人脸孔。到八十年代初的时候有了几张亚洲人的脸孔了，而后每一年亚裔的脸孔都有增加。我看到那张一九九七年的照片，亚裔大概占到了一半。我女儿是二〇〇二年进去的，当时我就看到这些亚裔的学生其实都是华裔。一半是香港、台湾的，一半是内地的。而到了二〇〇八年，华裔的比例已经到了七八成。要知道，这个学校只招住家在学校方圆两公里内的学生，由此可知这一带的房地产情况。这里以前几乎是清一色白人居住的区域，因为这一名校，华人拼命往里面挤，把房价推得很高。只要这一带有房子出售，就会有很多人抢着报价。去年我家后面那条小路上有一个房子开出七十八万加元的价格，因为抢的人太多，最后被一个搞装修的广东人以一百零八万加元买走。

去参加威丹娜联谊会的那天是周六。上午的时候阳光明媚，已经入冬了，除松树之外所有树木的叶子已经落光，覆满了草地。我家草地上的树叶早已被我妻子收拾干净，但周围邻居家的树叶还是会飘过来，所以我有时也会去用耙子扒拉几下。这天我看到左边的邻居泰勒夫妇也在收集树叶。我们平时见面不多，大都是天气好整理花园草地时会打个招呼。泰勒夫妇喜欢待在屋子里面，基本不外出散步。只是他们抽烟，在加拿大屋内是不可以抽烟的，所以他们时常会跑到门外点上烟吸上几口，就像海水下的海豹海狮定时要浮上来透气似的。泰勒一家是法国人（后来我知道泰勒的妻子其实是德国人）。我看到过泰勒每天早晨天黑着的时候就会出门，听说是去健身房健身，回来时会带着个纸袋，里面装着咖啡和早餐。我有一天发现泰勒是个业余的键盘手，每个周末的傍晚要去演出。他有一个音乐小组，都是些六十多岁的人。我问过他会唱歌吗？他说有时伴唱点和声。我妻子还知道他的音乐小组在他家地下室里排练，可我从来没听到过一点声音。我们家和他家的后园隔着一道木头的栅墙，他家有一丛特别高大的玫瑰从栅墙那侧伸展到我家那条通往后园的小径上面，每天会落下一层玫瑰花瓣，经人一踩之后地上会出现玫瑰红色。这件事总是引起我妻子抱怨，而且还会用水龙头来冲洗，而我倒很喜欢踩着玫瑰花瓣走路。今年春天，我们家那棵一九六四年种的枫树被砍掉之后，我发觉和泰勒家的关系有了一些微妙的变化。

  我家后园那棵大树原来是这条路上最大的树之一，一到夏天遮天蔽日，树上有无数的鸟窝和松鼠窝。秋天则变成鲜红的加拿大的色彩，成为这条小路上的一个标志。深秋里开始落叶，每次清理树叶要装很多个袋子。以前我用专用的纸质树叶袋子装，等树叶落完了一次性收集。后来我妻子说树叶掉在草地上会让草见不到阳光烂掉根部，而且她也不喜欢用专用纸质树叶袋子，那个要花钱买还比较贵。她用塑料桶来装树叶，每天都及时清理。这样的结果是她每天都得干活，而且刚刚把树叶收拾干净，一阵风吹来又遍地都是，就像那个西西弗滚石头神话一样，所以她对这树十分痛恨。后来的几年，我发现树的顶部掉了一些枯枝，有一根很大的枯枝卡在树顶上下不来，后来刮风的时候我就不敢去后园了。慢慢地,我发现树的西北侧的叶子不如以前多了,整棵树到了秋天也不那么漂亮鲜红了。这个问题从泰勒家的角度可能看得更清楚一点,有一天我妻子告诉我,泰勒太太说这树生病了。后来的一天夜里刮风,我听到后园似乎有一声巨响,早上发现那树的主权上分开了一条缝,里面黑黑的,像是早已裂开,还有很多虫子。那树劈杈的一边靠着我家房子,如倒下来会压倒房子,这种情况下必须马上砍掉了。我联系了几家西人开的专业砍树公司,索价很高,都要四五千加元,而且有一个先决条件,要先取得市政府砍树许可令。我觉得问题严重,先不说他们要的价格实在太高,就这个市政厅的砍树许可令我一时也拿不出来,因为当天正是长周末的第一天,政府部门要三天之后才会上班。即使是上班时间,要拿到一张砍树许可令至少也得五个工作日。那几天,正刮着大风,只见那开裂的树缝越来越大,让我心惊胆战。情急之下,我到华人的广告网站查询,居然找到一个叫王林的人可以砍树。联系之后,他只要一千加元的人工费,而且告诉我紧急情况下砍树可以先砍后报,只要没有邻居找麻烦一般没事。当天晚上,王林很晚从西边的密西沙加收工回来就到我家查看情况,并爬上树的高处用结实的绳带对开裂的树杈做了临时固定。第二天王林开着带有高梯子的车子来到我家的车道，在他干活之前我先告知了泰勒夫妇，说大树裂开了随时有倒下的危险，只得先砍掉再去市政厅报告。泰勒夫妇看了那树的裂缝觉得也只能砍掉了，但是他们要求我们在市政厅上班之后得去补办砍树许可令，拿到后还得让他们看一眼。泰勒夫妇在这里住了四十多年了，对我家的这棵枫树是有感情的。事实上这棵树砍掉之后对他们家的环境影响很大，因为以前大树是他们家在夏天里挡住西边太阳的屏障。这年的夏天他们家后园的草地全被太阳晒得枯黄了，而且墙面直接曝晒在日光下温度高了许多，空调机得一直转个不停。泰勒太太曾向我妻子抱怨说夏天里每个月的电费账单高了好几十加元。

这天上午我和泰勒的话题是从插在草地上的选举人牌子说起的。他们家的牌子也是威丹娜的，所以他看见我有了一种革命同志般的亲切感。泰勒说了很多保守党的丰功伟绩，我都连连称是。我自己是说不出名堂的，我总不能说是因为威丹娜的照片比较好看，而她的对手长了不该长的胡子吧？我也没向他透露浣熊进入我家阁楼的事情，因为我妻子提醒我这个事情应该保密，要是人家知道我们家阁楼里住过浣熊，以后卖房子的时候价格会有影响。我以为她说得很有道理。在谈过保守党之后，我和泰勒说起了他家后园的那一窝野猫。我最近从厨房的窗口看到他家后园有好几只刚出生的小猫和一只大猫，好像在园角的那丛灌木下面做了窝。泰勒问我知道那只黑野猫吗？它在这条路上出没好几年了。我说知道，还印象很深，它经常像闪电一样闪过我家门前，冬天时雪地上布满它的脚爪印。我有一次还看见它就蹲在路边的人行道上，有一个过路的女孩子停下来和它玩耍，它一点也不像一只野猫，不怕人也不撒娇。泰勒说这黑猫和一只野花猫在他家后园产下一窝小猫，他妻子看小猫崽这么可爱，就给了它们猫食吃。结果猫就不走了，在他家后园的灌木丛下安了家，整天在阳光下嬉戏打滚。泰勒家本来就有一只猫，养在屋子里边。他不能再把野猫收到屋里面养了，于是就出现"一猫两制"。泰勒家给猫吃的并不是剩饭剩菜，都是在超市买的标准猫食。这么多只猫口粮还是蛮多的，他们夫妇两人退休工资不多，房子贷款还没还完，所以感到有经济压力。他们曾动员很多朋友收养小猫，还真有人家捉去几只，可是几天之后这些小猫又跑回来了。泰勒说天知道小猫是怎么回来的，那家距这里有几十公里的路，而且小猫是关在封闭的屋内养的，不知怎么能跑得出来？泰勒说肯定是那只黑猫前往营救的，这只黑猫非常神奇，简直是精怪一样。我也很奇怪，冬天这里零下几十摄氏度，地面一片冰雪，没有食物，这些野猫怎么会生存下来的。泰勒说野猫大概会抓鸟和老鼠吃。这只黑猫在这一带活动至少有十几年了，也许已经换了几代，就像"007"系列电影里的演员换了好几茬一样。现在花园里的野猫还太小，泰勒有点担心冬天它们会被冻死。但如果给它们盖猫舍，那么这里会成为流浪猫繁殖中心，明年会变成几十只几百只。泰勒的话我很相信，在对待野生动物的问题上我也犯过错误。

那是在刚刚移民到多伦多的时候，我们租住在一个高楼公寓里。那个地方环境不错，附近有一条峡谷，有很多树木，还有很多的鸽子。那些鸽子都停留在我家的阳台上。有一天，我看到有几只鸽子钻到了阳台上的一卷旧地毯下面，我忍不住好奇心去查看，原来鸽子在里面做了个窝，还产下了很多鸽子蛋。很快，这些鸽蛋孵化了出来，变成了小鸽子。那个时候我们都不敢使用阳台，怕惊扰了小鸽子。那些小鸽子长得出奇地快，大概不到一个月就会飞了。由于我们对鸽群特别友好，结果阳台上的鸽子越来越多，我们自己都没法使用了。有一天我发现那一卷旧地毯下面的鸽子蛋越来越多，白花花一片。这个时候我突然失去耐性，开始驱赶鸽子，把鸽子蛋移到楼下的公园里。那些鸽子还不愿意走,我只得用水龙头来冲跑它们。那几天,我老是会做噩梦,梦里全是一群群黑色的鸟。所以说呢,对待野生的小动物你还不能随便发慈悲,否则你也许得用残忍的行为来纠正最初的错误。

但是我奇怪最近好多天没有看见泰勒家的野猫了,问它们去哪了。泰勒说他也不知道,肯定是野猫感觉有天敌到来,带着小猫转移了。我说野猫有什么天敌呢?泰勒说有的,比如浣熊,会攻击野猫。他这么一说,我不知怎么的脸红了。因为浣熊就在我家阁楼里,像是我藏的秘密。但是泰勒还说了一句让我印象很深的话,他说这一带最近还出现过郊狼(coyote)。他说现在的人乱丢垃圾,自作肥料,引来了臭鼬和浣熊,而郊狼追踪浣熊、臭鼬来到了附近的树林。前些天他在附近丹密河的峡谷里就看到过一头郊狼。

这个早上我和泰勒说了不少关于野生小兽的话。他也提到今晚威丹娜议员的联谊会上会讨论这件事情。

三

今晚的威丹娜联谊会设在中学的健身馆内,有饮料和一些小点心供应。来的人还不少，白人、黑人、印度人都有，他们都穿得非常正式。华人中也有些穿得很正式的，数量较少，可能是些有年头的老移民，而大部分则穿得比较随意。我在这一带住了这么多年了，居然在会场上看不到几个熟人。我第一个看到的熟人是离我家不远的那个遛老狗的女人。我不知道她的名字，只能这样称呼她。我经常在散步的时候看到她牵着两条非常衰老的德国牧羊犬遛弯，那狗们老得走不动了，她都很耐心地等着它们。后来的一次我看到她只带着一条老狗了，便问她那一条怎么样了。她说它已经死了，因为都快十八岁了，相当于一百岁的老人。她对狗这么好，所以我记住了她。过了一会儿，我又看见了熟人，但他们可能不认识我。那是住我们家这条路尽头的一个白人，我常看到他坐在开着门的车库前面，那车库里面则挂满了各种各样不同年号的汽车轮毂，像是他的收藏爱好。我还看到一个老女人和他在一起，看长相和他一模一样，可能是他的姐姐。这个老女人我可记得，有一次在地铁站门口我看到她坐在一部轮椅上冲来冲去行乞。在这之前还有一次她按我家门铃，说自己儿子重病，她急需二十加元坐出租车去看他。我知道这是在行骗，但还是给了她钱。不过今天在会场上，我看到她穿着高跟鞋，显得气色也不错，让人看了高兴。这会场上和我打招呼的尽是些华人的推销员和经纪人。那些房地产经纪人不是推销，而是动员我把房子高价卖掉，因为有很多买家等在那里。

我见到了威丹娜议员，提及浣熊入侵的问题，要求市政厅负责处理这些问题，因为我们每年都付了五六千加元的地产税。这个问题得到很多人的响应。威丹娜议员说这个问题是个好问题，她会向市政厅转达这一选民意愿。她说今天已请来有害动物防治公司WILDAMERICAN的专家，选民有具体问题可以向他们咨询。WILDAMERICAN是个非常有名的公司，电视上经常看到他们的节目，从抓鳄鱼到端蜂窝都有。今天来的一男一女好像是电视上看到过的，男的是个老帅哥，女的模样很性感。他们打开了一个大箱子，拿出了浣熊的标本，还有一些挂图，开始讲解怎么预防浣熊的侵入。他们建议在草地上或水塘中撒入肥皂碎；将骨粉混入花园的土壤中；在花园内种植的蔬菜和水果上洒上稀释过的辣酱（这个我以前做过）；在浣熊经常出没的地方常常亮着灯；尽量将垃圾存放在车库、地库中；使用有盖的堆肥箱；在堆肥箱和垃圾桶周围洒落有强烈气味的物质，如芥末油或氨水等；及时清理烧烤过后的食物残渣，不要将宠物的食物摆放在室外。

他们还说以上的方法只是避免招引浣熊。一旦浣熊在屋宅内筑了窝，那就只能让专业公司的人员移置处理。因为普通人在处置浣熊时如采用强制方式，稍有不当会触犯虐待动物的法律，招致严重后果。

他们讲解完之后，还开始现场接受预订服务，并给予百分之二十五的折扣。我听完他们的讲解，深知这浣熊一旦进入屋子就不好对付了，于是就当场预约了他们上门来检查。

第二天，公司的人员就来到我家。我以为这下好了，他们一定是手到病除，我们马上可以和浣熊说再见了，出点冤枉钱也只好认了。他们打开了我家天花板的活门检查过之后，告诉了我一个不好的消息，说里面那只母浣熊刚刚生下一窝小浣熊，共有三只。我一听大惊失色，本来说好移置一只浣熊是五百加元（折后价，还要加上百分之十三的税金），现在变成四只，得付多少钱啊？但他们说问题还不只是费用，因为根据法律，刚生育过的浣熊是不能移置的，因为这样会导致小浣熊在陌生环境下丧生。他们说只能等到明年春天小浣熊长大之后才可以处置，说完就走了。

接着，严酷的冬天就来临了。随着大地进入冰冻期，浣熊也安静了下来，开始冬眠。我们不再听到阁楼上有响动，天花板上也不再有尿渍出现。虽然是这样，和浣熊居住在一个屋子里总有一种伴着鬼魂的感觉。我经常会在夜里做噩梦，而我妻子夜里则不敢把头和手脚伸到被子外边。我还发现她现在不敢在晚饭后喝茶水，怕夜里要起来独自上洗手间。

四

这个冬天雪下得特别大。圣诞节还没到，就下了一场三十多厘米深的大雪，地面和屋顶全厚厚地覆上了一层雪被。这个时候，几乎所有的鸟类都飞到温暖的地方去了，松鼠也钻到了树上的窝里，靠提早准备好的松子之类的粮食过冬，只有阳光特别好的日子偶尔出来活动一下。我注意到泰勒家后园原来那一窝野猫栖身的灌木早就冻成一个冰坨，根本没有藏身之处，所以我猜想野猫一家一定是栖身在泰勒家门外的廊台下面。我偶尔在早晨的时候会看见那几只猫，几只小猫在天气进入冰冻期之前都长大了。它们在雪地上留下了很多脚印，经常是"8"字形的双圆圈，好像是在追逐嬉戏。我曾担心这么小的猫会在零下三十摄氏度的温度里被冻死，现在看来这种担心是多余的了。泰勒一直在门口的木盆里提供充足的猫食，它们得到了足够的热量。有一天上午，我在厨房的窗口看见了其中的两只。

那天雪下得很大。一只猫在风雪中趴在和我家隔开的木栅墙上方，眯着眼睛打盹。我奇怪地发现，这只猫的毛长得又浓又密，比普通猫的毛要长很多，它在风雪中似乎没感到冷，像是《动物世界》里的一种雪山猫豹。我轻轻敲了敲玻璃，这猫转过头和我对视。然后我看到另外一只猫从木墙的另一头走来，挨着前面那只猫趴下，也在风雪中打着盹。它的毛也变得很长了，和家猫的样子完全不同。我原来以为动物的进化过程要以万年来计算，想不到一个冬天就能让这些野猫的皮毛长成这样丰厚，动物的适应能力原来那么厉害。我听泰勒说，现在来吃他家饭的只有那几只已经长大的小猫，那只母猫每个星期来两三次，而那只黑色的公猫则一冬天没有再来过。他这话让我印象深刻，我觉得这黑猫随时随刻都会出现的，也许它在更寒冷更艰苦的地方还有几个家族需要保护。我想泰勒家的野猫能够宁静地度过寒冬，和它们的敌人躲进我家阁楼有关系。等浣熊一出来活动，野猫就不会这么悠闲自在了。

和浣熊相处在一个屋顶下将近四个月，终于到了春暖花开时节。有一天，我发现那只黑猫又出现了，我突然想到，浣熊可能要出动了，黑猫要回来保卫家族，这里面一定有因果关系。根据这样的预测，我告诉我妻子，最近时间阁楼里的浣熊可能会出窝。果然不出所料，一天晚上十二点左右，我从客厅的窗户往外看时无意中看见有几只动物从我家后园出来径直朝对面马路排队前行，仔细一数，正好有四只。我赶紧招呼妻子过来看，断定这就是在我们头顶上住了四个月的那一窝浣熊，它们终于倾巢出动了。这个时候有一个念头闪电一样出现在我脑子里，能不能趁这个机会把屋顶浣熊进出的洞口堵上？

尽管已是深更半夜，我们还是立即到后园查看敌情。两层楼高的房檐在夜色中略觉高耸，依稀能看出黑黢黢的洞口。我觉得堵上这个洞口的办法是可行的，今晚无论如何也要阻止浣熊再次回到这个洞里，赶紧封堵上，让它们想回到老巢时知道已经"没门"了！我们立即采取了行动，由于事先没有准备，有些事情只能因地制宜了。我从车库里搬来可伸缩的楼梯，架在墙上，正好可以到达洞口。堵洞口的材料必须是坚硬的，木头之类的不行，于是我急中生智，把铺在地上的水泥砖块掀起来几块，用它们来堵洞口应该比较结实。我让妻子扶住梯子，自己登上了颤颤悠悠的梯子。妻子在下边一块一块将砖块往上送。天黑加上心急，地砖带着泥土就传递上去了，我妻子仰着头，土渣渣落了她一身，还险些眯住了眼睛。借着后巷那微弱的路灯光线，我用砖块把洞口严严实实封堵上了。最后，我妻子还让我在砖块缝之间插上一把尖刀，一是起到惊吓浣熊之用，二来解解心头之恨。干完了这些，我们带着一身尘土，还有头颈上数个被蚊子叮咬的大包收兵回到了屋内。

这是入冬以来我睡得最香的一个夜晚。到清晨五六点钟光景，只听屋顶角头又有瑟瑟的响动，我想这必是浣熊回窝无门，正在干着急。我在暖暖的被窝里窃喜，有种暗算得手的快感。可惜好景不长，浣熊非常执着地要回到自己温暖的窝，用了不到一个钟头，又把刚堵上的洞口边的木梁咬开，钻了进去，然后从内向外把我们堵上的砖块全推了出来。这以后，浣熊完全进入了活跃期，它们的作息时间和人类正好相反，夜间天花板上面响声隆隆，搞得我寝食不安。还有一件事让我胆战心惊，上面说到我们堵洞口时曾在砖块间插了一把尖刀，我在第二天早晨出门时看到这把刀插到了我家门口的草地上。我把刀收了起来，没告诉我妻子，免得她害怕。

我在《大不列颠百科全书》上查到：浣熊是一种会记仇报复的动物，我完全相信了这一点。事到如今，我还是请WILDAMERICAN公司的专业人员来捉拿浣熊吧，钱要得再多也没办法了。我给上次来过的那个人打了电话，他没接，自动语音让我留言。后来他回了电话，说今年多伦多浣熊成灾，眼下他们工作特别繁忙，现在预约的话至少三个礼拜后才能来。他甚至说他们现在缺少人手，问我有没有兴趣到他们那里打打短工，气得我差点把电话给摔了。

五

接下来的几天我们十分沮丧，一筹莫展，不知该做些什么。后园的种花种菜没意思了，种了也怕会给浣熊糟蹋掉。不过我和妻子还坚持每天傍晚的散步。我们通常是顺时针方向先沿God Stone路一直走到那个小学的公园，在那里绕着圆圈走上四圈，然后会沿着Huntingwood（狩略树林）路往回走。Huntingwood路是我们这个区域的一条主要道路，沿着这条道路，两边有不少半圆形的小路，路边建着处处屋宅。我很喜欢在这些半圆形的小道里走路，因为这里面有不少房子还住着久远的住户，他们屋外的草地特别丰腴，树木、花卉和他们的房子非常地协调融合，和我们这些新来者房前景观不一样。有的时候我们会走得更远，走到那个收集汽车轮毂的白人房子那边去，那一带的房子建筑风格是英国都铎式的，看起来有点沉闷。这一天我和妻子一前一后慢慢走过，忽然听到有人在喊话：哈啰，哈啰！起初我们以为不是在对我们说话，可那声音还在叫。我们转头找到了声音的来源，是道路那一侧屋子的车道上有一个看起来像华人的中年妇女蹲在地上对着我们喊。我和妻子横穿马路走过去，发现她正扶着一个坐在地上的白人老年妇女。等我们走近了，她用英语问我们是不是华人？在知道我们是大陆人之后她用国语解释，说这个白人老太太跌倒在地了，得把她扶起来。白人老太太很胖很重，她扶不起来，只能坐在地上撑着她不让她倒下来，她喊我们就是想叫我们帮助把老太太扶起来。我向来有腰椎突出的问题，这几天又特别疼，但是这种情况是不能拒绝的。于是我就托住老太太的胳膊，让我妻子和她一起用力，感觉是在拖一包二百斤重的大米袋。我们总算把老太太搀扶了起来，老太太要到停在车道上的那辆陈旧的英非纳迪车副驾驶位置上去。我们搀着她慢慢移动步子，终于让她进了驾驶室。这个时候，华人妇女告诉我还有个人在车道上呢。我回头看，果然还有个老头坐在地上，靠着那个大垃圾桶。现在我们明白了情况，这两个肥胖的老年人腿脚已难以支撑身体，他们刚才从屋子里相互搀扶着想走到汽车上去，结果在车道上一起绊倒了，趴在地上无法起来。这华人妇女正是挨着他们家的邻居，刚开车回到家看到了他们倒在地上，便过来解救。但她一个人扶不起来，正好看我们经过，所以就喊我们帮助了。我过去把那个同样沉重的老男人拖了起来，让他扶着垃圾桶站着。我以为他应该是要回到屋子里去了，可他说也要往汽车里走。他摇摇晃晃差点再次倒下，我就让他扶着垃圾桶，我推着垃圾桶向着汽车那边走。到达车门后，我扶着他让他钻进驾驶室。接下来的事情很神奇。这两个老人一坐到车里，就像是笨拙的海龟回到海中一样，马上变得灵巧起来。我听得车子轰的一下发动了。接着，车子以相当快的速度冲出了车道，飞快地驶去，让我目瞪口呆。

　　我不知道这两个老人路都不能走了，还要开车到什么地方去呢？他们下车后怎么走路呢？那华人妇女说他们经常会跌倒在车道上，有时很长时间没人看到，有个下雪天差点被冻死。这个华人妇女很健谈，问我们住在哪里。我回答我们就住在这条路的尽头上。她便说真是不应该，在一条街上一起住了这么多年互相都不认识。接着她说，我们其实是认识她的，很早以前就认识，只是想不起来罢了。她说自己是上海芭蕾舞剧团当年跳白毛女的一号演员，"文革"期间的白毛女就是她跳的。她这么一说，我们倒是真看出了她的身材和气质的确与众不同。她有六十来岁，体形还十分匀称。但是我马上想起一件事：我刚来加拿大时在一家华人开的进口批发货仓打过工，老板刘先生是个上海人，当时六十来岁。一个在这里干了很多年的师兄杰森也是上海人，他告诉我之前有个张先生在这里干活，刚刚离开，我就是来顶他的窟的。这个张先生原来是上海芭蕾舞剧团的首席小提琴手，他老婆则是上海芭蕾舞团跳白毛女的。现在张先生在家教人拉琴，他老婆则教人跳舞。我前些年还碰到过杰森，他跟我说过那个张先生的家就在我们这条路上。所以这位华人妇女一说自己是"白毛女"，我就问她先生是不是姓张，她说是的，问我怎么知道的，于是我便把在刘先生那里打工的事讲了一番。我还说起了刘先生好多年前就生癌症死掉了，杰森后来开过便利店，在工厂里打过工，总是诸事不利。这些事情"白毛女"都知道的，但她似乎更在乎我们是不是还记得当年"白毛女"的形象。我们其实已经完全没有印象，所以她似乎有些失望。

两天后我们再次经过了那个圆圈，看到了"白毛女"在草地上修剪花木。我们并不想再次听她说那些年她跳芭蕾舞的事，想快点走过去，可她已看见我们，并热情打招呼。她说邻居那两位老人对我们那天的帮助非常感激，请她向我们致谢，并邀请我们到他们家里坐坐。说实话，对于这一个邀请我们不感兴趣，就推说下一次吧。就在这个时候，有一辆"悍马"越野吉普车开过来，停在了路边。车上下来个牛仔打扮的白人男子，肤色被太阳晒得棕红，模样很酷。"白毛女"和他相识，和他说了几句话，原来这人是老人的儿子，今天从另一个城市来看望父母。他得知我们就是前日帮助过他父母的人，就热情地邀请我们到屋里坐坐。这种情况下我们不好推辞了，只得跟着他走进了屋子。

让我意想不到的是，里面的布置和摆设完全是一个猎人的屋子。一进门便见一头两米多高的棕熊标本直立着，似乎要扑过来。壁炉上方墙上是一头角叉巨大的麋鹿头部标本，窗户两边还有美洲狮、灰狼、红狐等，都栩栩如生。而那一排玻璃橱子可不是书架，里面排着十几支各种各样的猎枪。墙上还到处挂着相框，全是一些和打猎有关的照片。两个老人坐在一张铺着熊皮的原木做成的椅座上，向我们欠身致意。他们的儿子给我们倒了威士忌酒，不过这烈酒我可喝不了。交谈之间，我们知道了这老男人以前是个职业的猎人。他猎获的猎物主要是卖给做标本的公司，当然兽肉也有专门的人收购，在一些特别的餐馆可以品尝到。老人说以前的猎人收入还是很丰厚的，他的房子就是用打猎挣来的钱买下的。他的儿子接着说现在的猎人也有生存空间，他现在主要是给一档狩猎的电视频道做节目，主要是诱猎大型的飞禽，比如加拿大野鹅。他这么一说我倒是想起了一件事。去年有一次我在两百公里之外的欧密密湖边钓鲈鱼。在我到来之前，有一辆车已停在湖边，车后还有一个拖船艇的车架，有人在我之前已放下小艇进入那密密的水草遮蔽的大湖中去了。这天上午我在钓鱼时不时听到湖中水草甸里有砰砰的响声，但我并没在意。中午时分，我看到一条小艇从湖中苇草中开出来，上面坐着个穿着迷彩装的白人，手持猎枪，船的前面部分堆满了猎获的加拿大野鹅，至少有几十只。我当时就想：小艇上的这种野鹅我家附近就有，但是受到所有人的保护。谁要是踢它们一脚一定会受到谴责，而同样的野鹅飞到了大湖里面怎么就可以大批地枪杀呢？

这天和猎人父子的交谈中我得知，我们所住的这一地区在一百多年前还是大型野兽出没的地区，所以这一条主要的街路会叫Huntingwood。那个时候丹密河里到了秋天会有大量的洄游产卵的三文鱼，引来很多的棕熊到峡谷里面来捕食。后来多伦多人口不断增加，那些大型的野兽都退到北边的森林里去了。现在以打猎为生的人已经很少，但是打猎作为消遣活动已是一个很大的产业。他们说的这个情况我大致了解。我家的电视节目有两个频道就是专门介绍野外狩猎的，里面有很多推销猎枪、猎具设备以及相关服务的广告。我看到那些猎人用带瞄准镜的猎枪躲在高度伪装的帐篷内射杀一只黑熊易如反掌。可能是他们自己都觉得这样太容易了，于是一部分人喜欢用弓箭或者机械弩，以增加打猎的难度。但是我觉得这对动物来说是更残忍了，子弹通常会使动物一枪毙命，而弓箭则会大大延长动物的痛苦时间，而且很多动物会带着弓箭逃到密林里，最后肯定也会慢慢死去。所以我问猎人父子，为什么猎人可以用任何手段来猎杀各种各样的动物，而在我们所居住的环境里，对于那些带来麻烦的小动物却要保持那么温和的态度呢？对于我这个问题，年轻的猎人给了我这么一个解释。他说打猎的人是深入了动物的领地，他对于他的环境和猎物是无法控制的，如果他的技术和运气不够好，如果他的猎物反应灵敏快速，那么他可能什么也打不到。因此，猎人虽然残杀了猎物，但是他和猎物之间还有某种公平对等的关系。然而对于我们居住地盘内的小动物，我们对它们有绝对的控制能力，它们和关在动物园里的野兽没什么太大区别。想一想，如果我们枪杀或者殴打动物园里的野兽，那是不是一种无法接受的可耻行为呢？

要说清这一个问题是困难的，那是白人的游戏规则，超出了我的想象力。但是我眼下有急于需要解决的现实问题。我说了浣熊入侵阁楼的事情，向猎人讨教办法。老猎人和儿子讨论了一下，说可以用诱捕笼。他说自己车库里还有一只诱捕笼，是以前在阿岗昆森林里专门用来诱捕红狐狸的。虽然是六十多年前制造的，却是做工精致，完全还可以再用一百年。他儿子从车库里找出了这个诱捕笼，果然保养得很好，是装在一个帆布袋里面的。他们告诉我，逮住了浣熊，一定要送到三十公里之外的地方放生，太近了浣熊有可能会找到返回原住地的路。他们还告诉我在浣熊关押期间，还得给它们饮水，笼子里面就有个饮水罐。当然，他还教了我怎么使用诱捕笼。

我和妻子带着诱捕笼回家了。我心里有点奇怪，为什么在我遇到浣熊入侵的困难时，会遇到两个老人倒在地上起不来的事情呢？民间故事都有这样的情节，上帝会化装成需要帮助的落难人，如果你正好帮助了他，那你就交上好运啦！

六

我们把诱捕笼装上诱饵，放在位于浣熊洞口下的地面上。第二天一早我急忙去查看，笼内的诱饵还是好好的。连续两天，没有任何动静。我开始有点沉不住气，怀疑这一招是否管用，难道这狡猾的浣熊真的会自投罗网吗？可我妻子这回却显出十足耐心，她把笼子的摆放位置调换在前院门口，这一布局，立即起到决定性作用。当晚十二点，我妻子亲自出外巡视，回来时兴奋地说了三个字：逮住了。我这个时候已经上床睡觉，一听这消息立即从床上蹦了起来，带上电筒和妻子一起去处置。当我们靠近了笼子，只听得笼子里发出"喵"的叫声，原来是抓住了一只野猫，而且还是泰勒家供养的其中一只。这真是令人哭笑不得，我马上开笼放走野猫。

虽然第一次摆了乌龙，但大大提高了我们的信心，至少让我们相信这个诱捕笼是好使的。还有一点也给了我们启发，这个位置既然野猫敢来，说明浣熊是不经过这里的。所以我把笼子换到另一条小径上，而且换上了浣熊最喜欢吃的诱饵——一条莱斯湖的太阳鱼，它们当初就是被我埋在花圃里的太阳鱼杂碎吸引过来的。这一回，运气终于到了我这一边，夜里一点钟左右，夜深人静，我们还支着耳朵听着外面的动静。突然听得外面咔嗒一响，像是诱捕笼的机关门声音。我们立刻跑去观看，这次可是货真价实的浣熊了，而且是那只大母浣熊。

第一次近距离观察浣熊，觉得浣熊的样子远不如它的名字可爱，甚至有些丑陋，彻头彻尾就像个小偷。我近来深受这家伙的骚扰，憋了一肚子气，于是拿起一根小树棍想吓唬它一下。可这家伙还很凶悍，猛然跳起脚回击，整个笼子都弹了起来，让我倒退几步。就这一刻我的脑子里突然又闪出闰土的形象，那把钢叉正刺向一只猹的肚腹。我一时间心里充满仇恨，很想杀了这只浣熊。这就像吸血鬼电影里的一些镜头，一个人的嘴里突然龇出两颗妖魔獠牙，但几秒钟后马上控制住，又回到了人形。我想起老猎人说的要善待受自己控制的猎物的法则，渐渐没了脾气。我把关着浣熊的笼子锁入车库，没有忘记给饮水罐加上水，等天亮了再做处置。

　　清早起来，我们决定把浣熊流放到一百公里之外的莱斯湖那边。老猎人指点过我们至少要送到三十公里以外的地方，我自己又查了一次资料，上面说最好要五十公里浣熊才不至于返回故地。所以为了保险起见，我决定尽量送得远一点。我开上那辆大车厢的旅行车，装上笼子就上路了。一路上，浣熊散发出的臭味儿，差点把我们熏得吐了出来。到五十公里远的地方，我妻子实在被臭得受不了了，问我是不是可以找个地方放了。可我说再坚持一下，还是把它送到莱斯湖边去吧。于是我们又开了五十公里，到了我经常来钓鱼的湖边。我们找了个僻静树林，打开笼门，浣熊立刻落荒而逃，一眨眼就不见了。

当晚下起大雨，我们没有摆放诱捕笼。晚上和清早还听见屋顶有响动，证明那几只小浣熊还在上面。过了两日，天气放晴，我们又把笼子摆放好。这个夜里的收获令人意想不到，诱捕笼同时逮住两只浣熊。这简直像是一个奇迹，我想大概是小浣熊前日看见过母亲关在里面，以为走进笼子就可以找到母亲，所以会两只同时进入笼子。这回是我独自开车去执行流放任务。我本来要把它们送到和莱斯湖不同方向的康桥镇那边的，顺便去那里见见一个老朋友。但当我快要上401高速公路的时候，突然改变了主意，觉得还是把它们送到莱斯湖边吧，这样它们就可以找到妈妈了。于是我就上了去东边方向的路。我把它们带到上次释放大母浣熊的树林里，打开笼门放它们走，可是这两只小浣熊居然不敢离开笼子。等了好久，才见这兄弟俩胆怯地出了笼子，东张西望不知所措。说实话，这个时候我心里倒是有点不忍。我相信它们很快会找到妈妈，而且这个地方靠着湖边，湖岸上会有很多鱼，再往前面有很多海鸥下的蛋，树林里有大量食物，生存环境比我家后园要好上很多。浣熊应该很快会喜欢这个新家园的。

余下来的日子，我的耳朵异常敏感，不论睡得多沉，只要房顶稍有动静，我马上能醒，大概那些神经衰弱的病人也不过如此吧。我们曾亲眼看见这一家浣熊共有四只，现在三只已经抓到，还有一只得尽快捉拿归案。

三天后的夜里，我极为灵敏的耳朵听到屋外有激动人心的咔嚓一声，是诱捕笼的机关门关上的响声！我以为这最后一只浣熊终于落网了。可是当我们冲出屋子，看到笼子里居然是一只臭鼬。这下可真麻烦了，臭鼬是很难接近的，因为一旦它认为遭到威胁就会放臭屁，这个臭屁的能量吓人，是液态的，味道非常刺鼻，如果喷到人眼，会造成暂时失明。我提着笼子往后园走，想把它给放了，刚走几步，臭鼬就发威，放了一个臭屁。臭味立即散发出来，连正在屋内睡觉的女儿也被臭味熏得起了床，拿出空气清新剂，全屋喷洒。那臭味持续了有两三日，才渐渐散去。

最后一只浣熊终于在一个星期之后被捕获了。我还是把它送到了前面几只已在那里的莱斯湖边放生了。

七

终于把占据阁楼多时的浣熊一家驱逐并流放到"西伯利亚"

去了，我们获得了重生一般的愉悦。我们开始了"战后"的重建工作。首先得先清理阁楼，现在阁楼里布满了浣熊的粪便和它们叼进来的食物残渣，臭不可闻。那隔热的保温棉被它们撕破做窝，乱作一团。我们请了一个专业的清洁公司花了一千加元才消除了那些污渍和臭味。然后请了一家西人开的屋顶公司来更换整个屋顶。我们用了最好的材料把所有的漏洞堵上，还在外面加了一层金属铝板防护层。这个西人公司的收费价格比华人公司要多一倍，但是施工质量令人满意，而且在合同上写明了翻修过的屋顶是raccoon proof（可防止浣熊的），如有浣熊入侵，他们负责处理。做好这些事之后，我们觉得屋顶已固若金汤。我们重新回到了荒芜多时的后园，开始在花园里栽下了瓜果和花卉。那真是一种幸福的感觉，如流浪的犹太人回到了迦南流蜜的土地。自从那棵大树被砍掉之后，后园里阳光堪比加利福尼亚的农场，那些黄瓜和水瓜迅速成长，我种的花更是如打翻调色盘一样五彩缤纷。我后来觉得我们这个屋宅的风水里还缺点水，于是自己动手开挖了一个小鱼池，买了一些太湖石一样的火山石，搞了个流水潺潺的小瀑布。鱼池里养了一些金鱼，其中有几尾日本锦鲤价格很贵，但是看起来很有喜气。

转眼间，夏天就来了。我们的后园果实累累。那一段时间，除了松鼠和各种各样的鸟类，没有其他动物来骚扰。唯一稍觉麻烦的是泰勒家的野猫越来越多了，今年又有小猫出生，族群已有十多只了。它们大模大样地在我们家车道上晒太阳、打盹。泰勒太太一直抱怨自己没钱买猫粮了。她一直鼓励我妻子收养几只，但我妻子立场坚定坚决不答应。

夏天里，离我家一条街之隔的丹密河峡谷是个好去处，我最喜欢在那里散步。多伦多的地形是一块平原，所以丹密河谷其实算不上峡谷，叫沟壑比较恰当。那条河也不大，只是溪流加河沟罢了。但是我总觉得它是多伦多的一条风水命脉。多伦多的雨量丰沛，冬天大量积雪在春天融化时雪水会汹涌而下，雨雪水就是通过丹密河从北向南注入五大湖之一的安大略湖。我每个星期会沿着丹密河河边的小径远足一次。冬天的时候，这里没有服务，厕所都关闭了，但是雪景迷人，冰雪下流水淙淙。河边有救生设备，还有告示牌提醒雨天时河里水势大，不要靠近。由于一条水系和边上的树林存在，这条狭窄的湿地里还出没着野生动物，据说有蛇、麋鹿、鹳鸟、狐狸等。有一天早晨，在多伦多市内的省议会大楼外的女皇公园，人们竟然看到一头大角麋鹿在啃着公园里的草。专家解释这麋鹿就是沿着贯通城市的丹密河谷岸边的树林走进城市的。我非常感激几百年来开发建设多伦多的人们始终为丹密河河谷边保留了一大片树林，让我身居城市还能随时进入自然的原生状态。我经常会在一块提示牌前停下，那上面有一张棕熊在河里捕食三文鱼的黑白照片，是一八七八年拍摄的，地点就在我眼前的这一段有落差的河流上。今年夏天在河谷里散步，想到的事情会多一些。我前些日子一直痛恨浣熊侵入了我的家园。但看着这张棕熊以前在这里饱餐三文鱼的照片，我知道人类才是真正的入侵者，只有野生动物才是土地本来的主人。这么想想，我的心里平衡了许多。所幸我和浣熊之争已经结束。今后一定注意不要招引小动物，顺其自然，那就可以和环境平安相处了。

然而在赶走了浣熊之后，我总还是有一种心神不宁的感觉。也许是胜利来得过于容易了一些吧？

果然，人的第六感官是存在的。我的预感在送走浣熊到莱斯湖的三个月后开始实现了。那个时候已到了盛夏，我差不多已经彻底摆脱浣熊一事带来的不快。有一个夜晚，我梦见浣熊一家都回来了。它们要回到原来所住的我家阁楼上去。但是那个屋顶已经变成一个石头的金字塔。浣熊的爪子在使劲扒着屋顶，那石头的屋顶被扒开了裂缝。就在这个时候我一身冷汗惊醒了，还在不停地喘气。当我的意识清醒过来，知道刚才只是在做一个噩梦，心里庆幸不已。我转了个身，想再次入睡，忽然觉得屋顶似乎真有什么细微的声音。起初我以为可能是外面刮风下雨了，但我现在是清醒的，知道今天是个大晴天，此刻外面星光灿烂。我又转念想也许是泰勒家的猫群吧，就在这个时候，突然一个念头钻了出来：莫非真是浣熊回来了？这么一想，我明白了刚才做噩梦的原因，是屋顶上奇怪的声音引导我进入了心理潜意识的黑暗区，那正是我恐惧的地方。这就像我们梦见自己到处找不到厕所，是因为膀胱内小便刺激你的神经才生出这样的梦。但是这一天夜里屋顶的响声很是细微，后来就消失了。由于我对这件事情是不是真的还没把握，所以没有告诉我妻子，以免让她感到紧张。第二天早上起来，我第一件事就是到后园里查看，没有发现一点浣熊来过的痕迹。妻子马上发现了我的不正常，因为我平时早上从来不到花园里。我解释说是去看看我种的那一株香水海棠开花了没有。我仔细打量了换过的屋顶，还有下面已全铺上金属铝板的屋檐，也没有被破坏的迹象。因此我觉得，昨夜里的声响是我过于敏感导致的幻想症吧？

有一个现象引起我的注意，车道上那些懒洋洋的泰勒家的野猫不见了。这可不是个好兆头。

在接下来几天的夜里，我睡得一点也不深。我的神经和房子的屋顶似乎连接上了，能感觉到屋顶表面的任何细微动静。其实我还是睡着了，处于一种浅睡眠状态。下半夜的时候，我能感觉到屋顶上有十分焦躁的声音。不是在一处，而是像一群蚂蚁一样到处在打转，想扒开一个口子钻进来。一连多天都是这样，而且持续的时间在变长。有一天半夜约两点钟，我起身解手。抬眼时，忽见洗手间气窗外面的玻璃上有一张浣熊的脸，那是一个强盗似的面孔，像佐罗一样戴着眼罩。浣熊平静地看着我，一动不动和我对视。尽管我不知道浣熊的面目是否和人一样每一只都不同，但我还是能认出这就是我几个月前第一次逮住的那只母浣熊。它现在回来了。还有一点也可以证明。浣熊会记住它住过的窝，就算是第二代也会记得住。从它们几天来一直顽强地想进入我家阁楼的决心来看，也可证明它们就是原来那一家。

事到如今，我只得把我所掌握的浣熊敌情通报给妻子，反正她很快就会看到浣熊接下来的行动了，让她早做思想准备。我们讨论了半天，不明白为什么浣熊都送出去这么远了，还能找回来。我们比那个动物处置指南上建议的送出五十公里的距离多了一倍，超过了一百公里，比老猎人说的三十公里则多了更多，按理应该是万无一失了。我难以理解，反复在网络上寻找答案。最后在一个美国加州的小镇论坛上找到一条相关的评论。那上面说，不能把很多只浣熊的家庭成员送到同一个地方，那样的话浣熊家庭成员的记忆能力和回到原居地的决心和能力都会大大增强。这个时候我明白了自己的错误。如果我当初把大母浣熊送到东面的莱斯湖，把后来逮到的送到西面、北面去，那么它们就会因为孤单而在当地找个伴侣安下家来。我不应该犯下这样一个愚蠢而自以为有人道精神的决定，还想学习加拿大移民当局一样让移民合家团聚，结果当它们一家团聚之时，正是它们决定返回原居地的开始之时。我知道这几只浣熊这一路上走得一定十分艰辛，足足走了三个多月，堪称浣熊界的万里长征。这一路上它们一定得到了意志上的锻炼，也许复仇的火焰在它们的原始本能中已经点燃。

由于这回我用了最好的屋顶材料，加上那个西人公司的精心施工，整个屋顶成了铜墙铁壁。浣熊久攻不下，终于放弃这个企图了。我有好几天夜里没有再听到利爪的声音。不过事情不会这么简单就结束的。这期间发生了一件事情，是动物界自己的事，我们无法了解其中细节过程，只能按照人类的思维去勉强解释，但是其结果还是可以看到的。我说的这一件事是：泰勒家的野猫群和浣熊之间进行了一次决战。这件事延缓了浣熊对我家的报复。

上面说到泰勒家的野猫一直以来都是躲避浣熊的。只要浣熊一来，它们就都躲避了起来，这条规律成了我预测浣熊到来的一个征兆。但是，最近的情况有点吊诡了。因为在一整个冬天里，浣熊都没活动，那些小野猫在高寒中长大，个头都不小了。虽然当浣熊走出我家阁楼时野猫躲避了，但是从我的诱捕笼最初抓到的是一只野猫的情况来看，野猫并没有走远，可能是与浣熊领地分开，井水不犯河水罢了。而在浣熊被我全部擒拿住发配到莱斯湖之后的三个多月里，野猫的家族数量和力量都更加强大了。这个时候浣熊突然回到了原来的地盘，估计那黑猫头领虽然马上退避，但会有些打算。起初，浣熊的全部注意力集中在想挖开我家屋顶，重新回到老巢。在它们一连几天的努力失败之后，挫折生出了愤怒。这个时候它们开始降落到地面活动。而地面上近来一直是野猫群的地盘。

那一场决战是在一个雨天进行的。动物就是奇怪，为何不选一个月朗星稀的晴天夜，偏偏要在细雨霏霏之中进行决斗呢。那场决战肯定是很激烈的，要是平静的夜晚，那野猫和浣熊撕咬时发出的叫声一定会让人觉得毛骨悚然。虽然那夜的风雨和树枝的摇晃声遮住了打斗的声响，但我敏感的神经还是能感觉到那殊死搏斗的嘶喊。第二天我没有看见什么，地面在雨水冲洗下什么也没留下。中午时雨停了，气温升高。我闻到车道的附近有血腥味道传出，有大群的苍蝇飞来飞去。我知道这迹象一定和昨夜的厮杀有关系，接着我看到了让我极其震惊的景象：车道边的灌木丛下有那只黑猫的猫头和残存的皮毛，身体所有的部分几乎全被吃光了。成年浣熊的体重近十五公斤，猫是打不过它们的。

在野猫和浣熊大战之后，有一个多礼拜浣熊没有出现。我知道浣熊一定在战斗中也付出了代价，正在疗伤。它们一定很快就会回来。

八

野猫和浣熊大战之后，我就知道，我和浣熊的一场决战已经在所难免。浣熊在屋顶久攻不下之后，必然会在地面上制造事端。在那几天浣熊没有光顾的日子里，我整天在想着将要面临的事。非常地奇怪，那些日子无论是白天还是夜里我经常会想起鲁迅笔下的闰土形象，那段文字反复地自动冒出来：深蓝的天空中挂着一轮金黄的圆月，下面是海边的沙地，都种着一望无际的碧绿的西瓜，其间有一个十一二岁的少年，项带银圈，手捏一柄钢叉，向一匹猹尽力的刺去，那猹却将身一扭，反从他的胯下逃走了。我的心里开始出现那一柄钢叉，我觉得应该用一柄神奇的钢叉去战斗。我知道这里的法律不可以私自处死野生动物，尽管电视里每天放着猎杀大型动物的节目。我得找到一件合适的武器。我在车库里面反复寻找，有很多可以杀死浣熊的利器：铁铲、铁锹、尖齿耙子，还有一把锯树枝的长锯。但是我不可以使用这些武器，我最多只能痛打它们一顿，让它们知道这里是我的地盘，我不会任凭它们在这里胡作非为。我终于在车库里面找到了一根旗杆，看起来是前任房东小时候当童子军时用来耍旗帜走队列游行用的。它是用实木做的，非常结实。而且还带着一个木制的尖矛头，上面镀着金粉，看起来像是金属的一样。当我用这根旗杆做了几个穿刺的动作之后，觉得这东西有点闰土那柄著名钢叉的味道了。

果然，一个礼拜之后的一天早上，当我打开我家的正门出来时，看到门上喷满了恶臭的动物粪便。毫无疑问，这是浣熊干的，这是它们宣战的信号。从这天开始，我们家后园开始遭到了毁灭性的破坏。浣熊先是把园内种植的瓜果全部都糟蹋了，大部分都是咬上几口，然后把藤搞断。那些蔬菜和花草则是连根都被刨了出来，一棵种了两年的樱桃树被拦腰咬断。几天之后，浣熊开始翻掘草地。我知道草地的地底下在夏天的时候会长一种白色的虫子，是浣熊爱吃的食物，但现在情况看起来浣熊不只是在找虫子吃，而是带着一种破坏性的目的。当它们把后园所有的植被都破坏之后，我发现我挖的那个鱼池还安然无恙。因为那鱼池挖得还比较深，里面的金鱼和锦鲤沉到了水底，浣熊还奈何不得它们。这个水池没有失守让我略觉欣慰，甚至还产生一种绥靖的想法，或许浣熊在大肆破坏实行报复之后，最终会失去兴趣，找其他地方安家。但是我这个想法很快被证明是错误的。两天以后的清早，我看到了鱼池边惨不忍睹的作案现场。鱼儿们的尸体散落在周围的草地上，有的被啃了一半，有的被啃得只剩鱼头鱼刺。再看水里，新买的水草被捞出来，扔到太阳下曝晒，而池中的水则是浑浊发黑，还伴着恶臭。仔细看，原来是浣熊先把大量的泥土刨向鱼池，把池子填了一半，让鱼浮到水面，然后抓它们上来吃掉。

事情到了这种地步，回避和容忍肯定是不行的了。事实上在我自己出来和浣熊决战之前，我还是给那个野生动物处置公司打过电话，请他们来赶走浣熊。他们听说浣熊已经不在我家屋顶做窝了，说这样他们就没有办法了，因为他们只能驱赶进入屋内的浣熊，户外的则不可以。我还在夜里再次布下诱捕笼，但是每一次笼子都被推翻，浣熊根本不会中计了。

现在回想起来，那几天的日子真是非常折磨人。浣熊一连串的恶行不仅破坏了我家的园子，更麻烦的是扰乱了我的精神状态。半年多来和浣熊的战争让我的神经紧绷，经常处于幻觉状态，最后几近崩溃的边缘。我把所有的门窗都关闭了，怕浣熊钻进来。进出门的时候也赶紧把门关起来。可我总还怀疑浣熊已经进入我家的房子，不是阁楼，而是房子里面，甚至在房子里面似乎都闻到浣熊的气味。某天我打开衣橱时，吓得差点大叫：有一只浣熊在里面。仔细看原来是我妻子的那条狐皮大衣。浣熊虽然一时还进不了我的房子，但是它们另有办法，化成梦来折磨我消耗我。有一天晚上我梦见那个诱捕笼，自己居然成了诱捕笼里面的诱饵，那浣熊变得和老虎一样大，鼻子在笼子外的铁格子里擦来擦去，把那臭不可闻的唾沫喷到我身上。事情到了这个时候，我已别无选择，只得和浣熊一决雌雄。

我在决定对浣熊开战之前，曾考虑过周围邻居的反应。我家西边的邻居原来是斯沃尼夫人一家，她在我们家搬来之后的第三年死于西尼罗症，去年她的家人卖掉了这房子搬到北边去住了。现在是一家台湾人住在这房子里。这家平时只有一对母子住在里面，母亲和儿子似乎还不合，经常会回到台湾去住。儿子是一个开大货车的年轻人，对我妻子很尊重，所以我觉得这一家应该不会有问题。在我家后园背靠背的那个房子，最早的时候是一个黑人住的，后来变成一个伊朗人家。那个伊朗老太太喜欢采摘荨麻叶子做菜吃。但是上半年这房子再次易手，搬进来一家上海人。这家的年轻女主人似乎非常高傲，在后园见到我们如同没有看见。我是听她在大声对丈夫发号施令的时候才断定他们是上海人。不过这家人对于园艺毫无兴趣，后园的草长得齐膝高也不剪，所以我估计他们是不会管闲事的。东北面还有一家亚美尼亚人的后园靠着我家。主人是个干建筑活的，刚买下房子时还是个平房，后来只见他几次扩建，把原来的面积几乎扩大了三倍，我相信他现在多层叠加的房子一定有违章建筑的部分，所以每次见到我都很客气，大概怕我会到政府那里告发他。我想这家人应该不会跟我过不去。再下来，就是东侧的邻居泰勒一家了。我相信，泰勒家因为野猫的问题也是会恨浣熊的。

九

现在我已掌握浣熊到我家后园捣乱的时间规律，它们基本上是清晨五点钟左右到来，它们的窝可能安在离这里有点距离的地方。夏天里五点钟时，天已经微微发亮。我的妻子还在熟睡之中，发出均匀的轻微打鼾声。我悄悄地起了身，没去刷牙洗脸，马上进入楼上的储藏室仔细穿好了事先准备的防护服装。我穿的是一双厚底的登山皮靴子，帆布的工作衣裤，手上戴着猪皮劳动手套。为了防止万一，我还戴上了一个滑雪的头盔和保护镜。储藏室里有一面大镜子，我看到自己这会儿的模样很像个外星球的战士。在我进入后园之前，我从窗口看到母浣熊正带着小浣熊从西边的台湾人家的木栅墙鱼贯而来。它们一来便直奔垃圾桶，那母浣熊抵达桶边便后腿站直，前爪抬起搭于桶盖上沿，兀立着显得体壮魁梧，一下子就将垃圾桶给撂倒了。

时机已到。我手持那条实木旗杆从花园的边门突然杀出来，那母浣熊大概从来没有见过戴着滑雪头盔和防护眼镜的人，吓得往后跳了几步。我对着它一杆子打过去，但这家伙身手敏捷，一个跳跃便躲过了袭击。我连打了三杆都没打着，又用刺杀的方式叉它，也被它躲了过去。这家伙看我并不厉害，开始对我龇牙咧嘴发狠。就在这时我看到那几只小的正在一边发呆，便一杆子打下去，打个正着。那小浣熊发出了尖叫声，而母浣熊慌了神，赶紧过来保护小浣熊，这样便吃了我几下重击。母浣熊这个时候想带着小浣熊躲开我的痛打，并不顾得痛。有一只小浣熊慌乱之中竟然对着我冲来，我以为这家伙是要袭击我，便一杆子横扫过去，把它打得趴了下去。这时候母浣熊发出了一声惨叫，我相信这一声惨叫大概三条街外的人都能听得到。它越是乱叫，我就越想打它，要打得它叫不出声为止。正打得起劲，我突然听到隔壁家那边传来泰勒的声音：

"斯蒂芬！你在干什么？你想杀死它们吗？"泰勒问道。这"斯蒂芬"是我难听的英文名字。

"我不会杀死它们，我只是想要把它们赶走。"我回答。我停止了行动。那母浣熊还在呜呜地鬼叫着，看我不打它了，赶紧带着小浣熊跳上了木栅墙逃跑。只有两只小浣熊跟着它跑掉，还有一只却跳不上木栅墙。我看到这一只的前腿挂了下来，大概被我那一杆子打坏了。

就在这个时候，我听到远处有警车的呜呜声传了过来。起先我根本没想到这警车是冲着我来的。很快,警车的呜呜声越来越响了,在我家的门口停下来。我还没缓过神来,只见两个警察穿着防弹衣双手端着手枪进入后园。他们的手枪直接瞄准着我,命令我放下武器,双手高举过头顶。我知道自己遇上麻烦了,于是服从命令放下那旗杆把手举了起来,一个警察在另一个的掩护下,以非常熟练的动作把我的手扭到背后,戴上了手铐。

警察没有马上带我走,而是先要收集证据。那一只断了一条前腿的小浣熊还在园子里,躲在角落里瑟瑟发抖。十分钟之后,有一辆动物医院的车子开了过来,好几个专业人员用网罩抓住了小浣熊,带回医院去医治。这个时候我看到每个邻居家的木栅栏后边都有眼睛在看着我。接着我被带出了花园,我告诉惊慌失措的妻子没有关系,我又不是真的犯了什么罪。门口有两部警车,我坐在前面的一部,后面的一部带走我作案的武器——那一条实木旗杆。

想不到的是,这件事让我大大出了名。第二天,多伦多几乎所有的英文和中文报纸都登载了一条消息,还配上我戴着手铐被警察押上警车的照片。这报道的标题和内容是这样的:

惨叫声惊动邻居报警，
华裔男子涉用长矛袭浣熊遭警方拘捕

多市警方于昨晨5时许接获至少三名市民电话报警，表示在Huntingwood附近一民居，有一名男子正在用一把长矛似的武器击打其后院中的一群浣熊，浣熊受伤后发出凄厉叫声，浣熊妈妈则试图保护和救回小浣熊而反搏。

警员据报案赶至现场调查，在事发现场的后园角落发现一只受伤小浣熊，浣熊妈妈则已将其他两只小浣熊带走。警员在现场了解情况后，将现场一名51岁华裔男子Dong Ruan（译音，阮冬）拘捕，并用手铐将男子双手反扣背后，上警车带返警署，并被落案控以残暴对待动物及使用危险武器罪名，下月13日到法庭应讯。

多伦多动物服务机构（Toronto Animal Services）的人员亦奉召到场，并用铁笼带走一只小浣熊。据该机构发言人称，被带走的受伤小浣熊除腿部骨折受伤外，其他情况良好，而且非常"生猛"，待伤势痊愈后，会将它带返现场附近让其重返大自然。

这篇报道我是第二天才看到的。这里面有一个明显的错误，就是把我的那根旗杆写成了长矛。还有两点让我很吃惊，一是居然有三个目击者会同时报警，这说明我之前对自家和邻居的关系评估完全是不准确的。另外就是动物服务机构的发言人声明这只被打断腿的浣熊会在治好伤之后重新被放回到现场附近，也就是说它最终将可能会回到我的后园。

当天我在警察局里待了一天，和几个因贩毒、枪击、抢劫的疑犯关在一起。不过到了晚上我就取保释放了。警察将控告我犯下虐待动物（cruelty to animals）和使用武器作危险用途（possession of a weapon for a dangerous purpose）两项罪名，并安排我在下月13日到法庭应讯。

在报纸和电视等媒体传播开我袭击浣熊的事件之后，我家对面的人行道上出现了一些动物保护组织的人，举着牌子抗议我的行为。说实话，看见这些毫不相识的人举着写着我名字的牌子在我家门前挑衅，我的心里比当时面对浣熊还感到愤怒。警察也担心会发生冲突，特地派了警员驻守，还拉了警戒线。后来，我还看到我家门前马路的几根灯柱上贴了海报，上面把我写成一个虐待动物的狂人，要求我从这个住宅区搬走。我看到海报下面有几个人的姓名、地址和签名。我只知道那个住217号门牌、叫豪斯的人就是我上面提到过的那个收藏各种汽车轮毂的白人，他的姐姐是个十足的骗子。不管怎么说，看到有邻居联名要求你滚出这个地方，你的心里还是很难受的。

开庭审判并不很复杂，法官认定我有罪，但处理不算很严重，主要有以下几条：终身不准使用诱捕笼；五年内不得接近浣熊，至少要和它们保持十米的距离；罚款五百加元（罚款部分可以用做公共义务劳动三十个小时代替）。对于法官的判决我没有异议，完全接受了判决结果。

最后我还要提一件事。其实我非常不愿意把这事说出来，但不提这件事，故事就会缺失很大一部分的真相。事情是在开庭的那一天，我提早到达了法庭。我这种案子很小，所以是在一个小房间里审理。我到达时房间里只有一个法院保安员在里面，他让我坐在被告的位子上，其实那也就是一张普通的桌子。一会儿，一个警察匆匆到来，我认得出是办我案子的那个人。因为案子比较小，控方直接由警察出面，而不是像正式的案子由检察官提诉。这个警察向我打了招呼，把卷宗放在控方的桌子上，跟那个法庭保安员说自己到外边去买一杯咖啡，就离开了房间。就在这个时候发生了一件鬼使神差的事情，那小房间的天花板上有一部吊式风扇，那个胖胖的黑人保安员比较怕热，把风扇开得很大，结果那风把刚才警察放在桌上的卷宗夹吹得翻开了，有一份记录纸被吹了出来，飘到了我的脚边。我起初不敢看它，觉得那保安员会马上过来捡起来放回去。但那个保安员正低头使劲按着手机，大概正在和什么人短信聊天，没有看见文件被风吹落的情况。我忍不住好奇心，用眼角打量了一下就在脚边的这份记录纸，原来这就是警察最初接到电话报案出动警车奔赴我家的原始记录。那上面写着有三个报警电话报告同样的事情，三个电话号码都写在上面并涂了黄色标志，后面注明了strictly confidential（严格保密）。我扫了这三个电话号码一眼，知道这三个号码就是报警的邻居家的，其中排在中间的这一个看起来很是熟悉。我突然明白这个号码就是我自己家里的，顿时脸色苍白。这时候那风扇把更多的文件纸吹到了地上，保安员终于发现了情况，走过来把文件收拾了起来。不久，警察端着咖啡走进来。接着法官走了进来，开始了审判。

尽管在这里我把这件事说出来了，但在实际生活中我是把它彻底埋藏了，没有对任何人提过，就像什么也没发生一样。因为我觉得这不会是真相，就算是真的那也一定是浣熊以精灵的形态在继续作祟。还有一条我觉得值得一提，那段时间我和我妻子在精神深处都是病人。

以上就是我有关浣熊的倒霉经历。说到最后,只有一件事让我觉得宽慰:那几只浣熊被我痛打一顿之后,知道了我的厉害,以后再也不敢来我家后园惹麻烦了。

2013年4月5日

夜
巡

一

镇球第一次见到鹤子时才十七岁。那是在一九七五年年底,他被所在的工厂派到辖区派出所,充当治安联防队员。他干得不坏,很快成了一名骨干队员,没多久还被提拔为一个三人小分队的队长,负责城西地段的夜间治安。在镇球的朋友和邻居印象里,他那段时间变得沉默寡言,一身神秘的气息,而且很难看到他的踪影。事实上,镇球白天基本上都在家里睡觉,睡得很沉很沉。天黑下去了,他才醒来。晚上八点他准时来到派出所,先是会和值班民警、联防队员打一小时康乐棋,然后他会坐到值勤室里练钢笔字。他没有临摹字帖,而是随便拿张印刷品抄写一下(比如报纸、灭鼠须知、通缉令等)。午夜时分，他带着小分队出更，在城西一带纵横交错的巷陌中巡逻，一直到启明星升起时才收队。

这一夜，镇球和联防队员圣时、天禄手臂上套着联防队红袖章，在卖糖巷中巡逻。这条巷子听名字就知道旧社会的时候是个做生意的地方，派出所的指导员曾盼咐他们巡逻时要多加注意。镇球在黑漆漆的巷子里选中了一座高门大院，要潜入内部仔细巡查。高门大院的大门锁有点复杂，镇球试了三把万能钥匙才把门打开了。乍进这大院，镇球有点暗自惊讶。院子异常空阔，在灰暗微明的天空下，天井里的石板地面泛着白光。院子的中央放置了许多黑蓬蓬的盆栽植物，还隐隐露出发亮的花朵。从镇球所站的门台洞里，延伸出两条天牛触角似的长走廊，依次排开间间厢房。尽管镇球已是黑夜里的熟练猎手，还是无法看清这院子究竟有多深。镇球想：这种大院户籍杂乱，夜间少不了有违禁的事。他向圣时、天禄耳语了几句，三人兵分两路，向院子内部深入。

镇球独自居右巡查。他贴着门户，闭着眼睛捕捉着屋内细微的声音，根据下意识的提示慢慢前行。他能感觉到：在一间间黑咕隆咚貌似沉睡的屋子里，其实不断发生着事情。里面的人在黑暗中窃喜、忧伤、恐惧、嫉妒、猜疑。忽而气喘吁吁做爱，忽儿又咬牙切齿厮打……他想着这些，脑子里叠加着派出所档案室里发黄的居民户籍底册，那也是院子里的人居住的地方，他们的魂灵住在那里。镇球一间间屋子巡视过去，凭直觉能感知屋里的人是平和还是凶险的。而且在他的大脑和视网膜上，会很直观地出现屋内床上或者地铺上杂乱交错的人的肢体和器官（这种幻觉十几年后他在毕加索的画里奇怪地找到印证）。

走廊已到尽头，现在骤然拐入黑沉沉的宅院内部。至此，镇球什么也没发现。他继续深入，穿过了黑暗的过道，眼前又有了模糊的光线。这时他已置身于后院的另一个天井。

他从来没有见过这样的天井，圆形的，周边围着封闭的花墙。天井内空空荡荡，没有花木，没有假山石，没有金鱼缸，只有一棵银杏树长在靠左的内侧。镇球的视线被这棵树吸引。没有风，硕大的树冠纹丝不动，但是在树冠的中间，有一方块的树叶发出奇怪的光晕。镇球移动了一下位置，那一片光晕也随之移动，始终和他保持同一对角线。镇球好生惊诧，于是走到树背后。原来，这棵树后面的围墙上方露着一截木楼，亮光是从木楼的窗户里发出的。

"嘿，这屋里的人要遇上一点麻烦了。"镇球想着，心里不知为何袭上一阵苦闷。

亮着灯光的窗户紧闭着，气窗以下的部位拉了一层花布窗帘。眼下，这棵高大的银杏树正好可以利用。镇球爬到了树上，踩着一枝树丫，从没有遮着窗帘的气窗里看清了房间里的局部。

屋内坐着三个人（就他暂时所见）。一个老太太、一个年轻的男人、一个年轻的女人，围着一张桌子在玩扑克牌。老太太只能看到侧面，她戴着老花眼镜，全身裹在一件黑色的厚毛线衣里，两只枯瘦的手神经质地交替数着手中的牌。那个男人的位置正好面对着窗户，所以能看见正面。这个人身材肯定很魁梧，满头浓黑的鬈发，下巴长着胡楂子。他身上穿的是一件褪了色的红色卫生衣，背上披了件军绿大衣，大衣的里子像是绵羊皮的。看这男人的模样和衣着，不像是个亚热带气候里长大的本地人，说他是个东北人还差不多。不过他打牌的样子倒是十分文气，是小心翼翼将牌摆到了桌上，似乎怕惊了老太太似的。那年轻的女人紧接着出了一张牌。她坐在男人的右侧，是个丰满动人的姑娘。她穿着紧身的毛线衣，胸部突出，圆圆的脸绯红绯红的。她这会儿身上一定很温暖。

现在一局牌已经结束，老太太开始洗牌。她的功夫极为纯熟，手指如磁石一样能将散乱的牌吸附过来。其余两个人一动不动，出神地注视老太太枯瘦的手指间漂亮地弹动着的纸牌。从镇球开始窥视起，这三个人一直保持着同一种坐姿、同一种表情，异常专注、宁静地对付着牌局。

由于牌局的表面不设赌注，引起了镇球更大的兴趣。他从来没有见过在这样一个寒冷的残夜，会有人能这般超然物外聚精会神玩一盘没有输赢的扑克牌局。为了揭开这个谜，镇球开始分析屋内三个人的关系。比较可以肯定的是老太太和那姑娘是母女。那男人的身份是个疑问。镇球透过夜间的空气和气窗的玻璃紧紧盯住他看，再次认定这是个外乡人。他不可能是老太太的儿子，也就不可能是那姑娘的兄弟，唯一的可能是她的丈夫或未婚夫。可假定是这样，他为什么深更半夜还待在丈母娘家里呢？还有一种解释他可能是倒插门的入赘婿，可镇球并没有发现窗户上贴着什么红双喜之类的痕迹，而且就他所见房间里面的板壁糊的是旧报纸，本地习俗做新房的屋子里糊的应是白纸。还有一个最大的疑点：这个年轻的本地姑娘怎么会和这个看起来像东北人的男人发生这样的关系呢？

镇球在树上苦苦思索着，深深为屋内的情景所迷惑。假如可能，他倒是非常愿意变成一个精灵进入屋里，为牌局凑一角，与他们三人一起打这局令人费解的纸牌游戏。但这个时候，镇球看见屋里的人突然受了惊动，三只头颈一下子直了起来，转向了房门。几乎在同时，镇球听见屋内传出一阵突袭而来的敲门声。镇球也吃了一惊，使劲抓住了树枝。紧接着又响起第二阵敲门声，并有人大声命令开门。原来是圣时和天禄。他们从左路包抄过来，也发现了目标并且得手了。镇球松了一口气。现在他看到屋里三个人都站了起来，好像很惊恐地看着被敲打的门。那个男人似乎做了一个勇敢的姿态，立即被那年轻的姑娘推到了一边，并从镇球的视线中消失了。于是镇球赶紧从树上下来，快步跑回了院子。

当镇球通过一条走廊踩着咯吱作响的木头楼梯上楼找到这个房间时，门已经打开。屋里有四个人：老太太、年轻的女人、圣时、天禄。外乡男人不见了。镇球站在门边的灯影里，一声不响打量着房间。他发现：这个年轻的姑娘不安地看了他一眼，对他的到来似乎特别地戒备。

"小兄弟，我们真的不知道政府不许百姓夜间打扑克牌。早知道的话，我们就下象棋了。"老太太笑吟吟地说。她还坐在她先前坐的那个位置，面前散落着零乱的纸牌，上面压着她的老花眼镜。

"是这样的，同志！我妈妈夜里老是失眠，所以要我陪她打一会儿扑克牌。我们真的不是在赌博。你们说，哪有妈妈和女儿赌钱的呢？"年轻的女人接上她母亲的话说着。她的语气温顺多了，或许是为了弥补母亲不合时宜的幽默，她让自己的笑容尽量妩媚动人。这期间，她又迅速地瞥了镇球一眼。

"这个女人挺机灵，迷人，有点像阿庆嫂。圣时、天禄快要被迷住了。"镇球思忖着，"她把那个男人藏起来了，她为什么要这样做呢？"现在，镇球能够把在银杏树上看到的那一部分场景和现场的全景拼接在一起了。首先，他注意到在这间屋子的里面，还有一个套间。两个房间相隔着一个圆洞门，圆洞门上挂着一幅用葫芦子穿成的珠帘，基本上挡不住视线。套间里没有点灯，只能半明半暗看见一个床角。那男人必是藏于其中了吧？镇球的嘴角挂着一丝轻微的冷笑，他的目光和那年轻的女人又接触了一下。牌局所在的外间相当拥挤，靠墙的地方有一张单人木床，上面铺着足够温暖的被褥，还有一个亮得耀眼的白铜暖水壶压在上面。打牌的红木方桌位于单人床斜对角，边上共有三张雕花的木圆凳。老太太和女儿各坐了一张，圣时坐在那个隐藏起来的男人坐过的位置上，看样子他坐得挺舒服的。

"那么,你们能不能把身边的钱交出来,这是我们的惯例。"圣时说。他总算是还记得惯例。

"我们没有赌博,所以也没有钱。你们看!"老太太的手插进了外衣口袋,往外一拉,两只兜兜像黑色的耳朵翻出来。叮当一声,有一枚五分的硬币掉到了地上。"瞧,就五分钱,不过以前我倒是有过不少钱。"

"老实点,要是这样,你们明天早上就得将扑克牌穿成一串挂在脖子上,在派出所门口示众两小时。"天禄说。

"你们真要这么干?"老太太似乎很吃惊地看着天禄,"你们要多少钱?我这儿还有五块钱,本来想过年时买一只老鸭子炖着吃的,现在就贡献出来给国家了,这样总好了吧?"老太太说着撩起衣襟,在裤腰头摸索着,想把那五块钱掏出来。

"把钱收起来。过年时你照样可以吃炖鸭子的。"镇球在灯影下突然插上话来。他看到老太太立即投来赞许的目光,但使他心动的是她女儿显得愈加不安了。她为什么这么紧张?那个男人藏在哪儿啦?

"你叫什么名字?"镇球问她。

"陈茶鹤。"

"叫她鹤子。"老太太愉快地插上了一句。

镇球感觉中立即有一只洁白的仙鹤迎着如雨的金色阳光飞去。他想起的是小时候用纸折成的一只纸鹤。他平静地望着陈茶鹤（或者叫鹤子），她的坐姿很端正，双手放在膝上，似乎想掩饰一下身体的线条。可是由于她的身体略微发胖而且穿着紧身的毛线衣裤，越掩饰线条反而更加明显。镇球接着问：

"你们家就两口人？"

"不！就我孤老婆子一个人。"老太太似乎对镇球大有好感，又抢过了话头，"我女儿户口在黑龙江建设兵团。她生了病，回来了，可户口还没迁回来。我正要到派出所办这事呢。听说这事很难办，小兄弟，你能帮这个忙吗？"

原来她是个从北方病退回来的知青。镇球心里有一种恍然大悟的感觉。这么说那个隐藏起来的男人的确是个北方的"大狗熊"了？她是个走过很远的路的知青，东北一定是个很有意思的地方吧？她还是个姑娘吗？不，她一定是个妇人了。她是在这个套间里成了妇人的吗？镇球侧过身再次打量套间里露出一角的床，隐隐看见浅色的床单上有很多暗红色的斑点。这时，叫鹤子的姑娘进入他的视线，站到了套间的圆洞门口。她的身体很像一只光洁的白瓷大花瓶。

"里面的屋子是你住的吗?"镇球说,他的嗓子有点沙哑,好像被什么堵住了喉咙。

"是的,我睡在里间。"她的目光迎着镇球的眼睛,使得他的心里阵阵发麻。

"我敢说,我要是想进里屋看一看,你一定会很不高兴。"

"房间里还没整理过,乱七八糟的,实在不好意思请你进去。"

镇球靠近她,低声,几乎是耳语一样对她说:"我要是一定要进去呢?"

她仰起头,对着镇球高悬的脸。她的眼睛睁得过大,放着异样的光彩。"我知道你不会这样做的。"镇球感到从她身上散发出的热烘烘的气味包围着他。她突然做了一个像对待家里人一样的动作,伸手抚平镇球身上蓝色劳保棉大衣的衣领,并低声絮语着:"你不会这样做的,是吗?"镇球俯视她两片鲜红而湿润的嘴唇,从她身体上散发出的女人气味越来越浓,紧紧裹住他尚且是童贞的身体。但是,他觉得有什么地方不对劲。什么地方不对劲呢?突然他记起了自己是在执行夜巡的任务,而她则在保护那个隐藏着的北方男人。顿时,镇球从魔障中挣脱了出来。

"我必须进去检查,这是我的责任。"

说着,他的肩膀一甩,冲开鹤子的阻拦,进入了套间。他立即产生了一种进入魔术箱似的感觉。屋内空空荡荡,四周是糊着报纸的板壁。有一张小书桌和一张床,床单上印有小朵的玫瑰花图案(不是红色的斑渍),有一个铺着毛巾的枕头。那个北方的男人没有在这里,他失踪了。

二

有关这一夜的经历,就像是一枚木楔子深深打入了镇球的心头。在最初的一周里,他经常感到烦躁不安。他无法确定那个北方的男人是真实存在还是自己当时的一种幻觉,到后来,他甚至觉得那个迷宫一样的院子、黑暗中的花卉、曲折的走廊,还有他在银杏树上看到的神秘牌局都是他某个白日里的梦境。但是,只要想到鹤子,想到她站在那套间圆洞门前如陶瓷花瓶一样的身体,他就会产生非常现实的痛苦。这件事成了他内心的一个伤口、一个独自忍受的秘密。有很多次,他产生了强烈的欲望想要重新进入卖糖巷那座深宅大院,证实这一切到底是幻象还是真实。但他心里有一种说不清楚的力量抗拒他这么做。过了一些时候，他的心情慢慢好了起来，似乎从这个事件中解脱了出来。

镇球再次见到那个叫陈茶鹤的女子是在一个多月之后，地点在瓯江电影院。当时，各个电影院正在上映极其轰动的罗马尼亚故事片《多瑙河之波》，观众奇多，而且情绪特别冲动。为了加强电影院的治安力量，镇球的小分队被调拨了过来。对于联防队员来说，在电影院执勤是个美差事，不仅可免费看电影，而且还有点小特权，偶尔可以把没有票的熟人带入场。在某个夜晚，因为在各影院之间跑片的人自行车爆了胎，电影胶片晚到了二十多分钟。场内的电影才放到三分之二，下一场的观众已齐压压地站满了电影院门口，把本来不很宽的道路堵得水泄不通。镇球如临大敌把守在门口。他知道人群中集中了城内好些惹是生非的无赖泼皮，他们是专门来看电影里的托玛大叔和女人睡觉的。在镇球的小分队到来之前的一个夜晚曾发生过这样一件事：一个姑娘要退掉一张电影票，结果被争着要票的人团团围住。无数双手伸进去要抢那张票，大多数的手乘机在那姑娘身上乱摸。几个泼皮趁乱撕开她的衣服，没几下就让她成了光鸡一个。眼下，人群中动这样心思的爷们儿可还不少呢！

场外的人越聚越多，并时常有小小的骚动。镇球愈加精神紧张，注视着人群的动向。就在这时他看见了不远处的一个卖橄榄茴香豆的小摊子旁边，站着鹤子和她的母亲。老太太头发梳得油光发亮，身上还是穿着那件黑毛衣，在夜色中左顾右盼。鹤子穿了一件水红色的棉罩衣，脖子上围着围巾。从卖橄榄的小摊上那盏煤油风灯发出的柠檬黄色的灯光照得她的红喷喷的脸庞分外柔和。她的手里有个折成三角形的小纸筒，卖橄榄的人正用一个竹夹子往纸筒里夹腌制过的青皮橄榄。

就这样一次的蓦然一瞥，对镇球来说意义非凡。霎时间，他感到夜色呈现出一种粉红色，上千只仙鹤光芒四射飞了过来。他的心怦怦跳着，他该眼看着鹤群在夜色中一闪而过呢，还是要紧紧地追随着不放？

他灵魂出窍地看着她们。此时电影已终场，看完电影的观众从边门流泻出来，等得急不可耐的下一场观众便向电影院入口处拥来。镇球还没明白过来是怎么回事，就被人潮推挤到了紧闭的铁栏门前。他连忙从腰里抽出五节手电筒，在挨近他的几个家伙头上砸出几个青包，想把人群往后赶。然而他胳膊所及之外的人群继续往前拥，把他紧紧压在铁栏门上，无法动弹。上千人的力量通过互相叠在一起的身体作用于他的身上，顿时让他觉得自己如一只被鼠夹夹住的老鼠，眼球欲夺眶而出，五脏六腑往喉咙上涌。我要被压死了吗？他恐惧地想，死死看着黑压压的人群。他再次看到了鹤子和她的母亲。她们的脸庞显得模模糊糊了，像两朵黑色的花。他没看见那个穿军绿大衣的北方男人，这让他感到欣慰。也许他并不存在，只是我的一种幻觉。鹤子只是一个和母亲在一起的病退女知青，我可真想和她说话，我应该怎么和她说话呢……

要不是在场内执勤的圣时、天禄及时赶来打开铁门救下了他，镇球今夜或许真的要躺在医院里抢救了。现在，他除了喉咙里还有浓重的铜腥味之外，身体基本已恢复了正常。电影已开始，大门落锁，电影院内所有的人都落入了他的掌握之中。

他站在场内右边入口处的紫色天鹅绒遮光布幔前面，脸色阴沉，甚至有点狰狞。他的左右分别站着圣时、天禄。银幕上，那只铁驳船在托玛中尉的驾驶下正顺着多瑙河之波开航，船舱里一个睡在床上的女人从毯子里露出一只手臂。

"拉几个出来给点颜色，解解气。"天禄说。

"刚才挤压你的那几张脸孔你总还记得吧？"圣时说。

"记不清了，人太多了。"镇球说。他刚才见到鹤子而引起的激情还在心里汹涌着。镇球想：本来他可以在检票入场时和她们打个照面,她们一定会认出他来的。他会留意一下她们的座位,如果座位不好的话他就会去电影院主任那里搞两个好座位给她们。这一回,他一定会很有礼貌地对待她们。可惜,这一切全让那帮挤来挤去的无赖泼皮给搅了。

镇球撇下圣时、天禄,独自在场内巡视着。他想着她那张红扑扑的脸庞。她们肯定就坐在场内,可不知是坐在几排几号。他顺着左侧的通道一直走到银幕跟前,转过身,面对着黑乎乎的全场观众走回来。突然,场内爆出一阵乐不可支的哄笑。镇球起先以为这是冲他而来的,扭头一看才知是银幕上的托玛引起的。托玛正搂着那个大胸的女人睡觉,有人来敲门,气得他捡起皮靴扔了过去。尽管如此,镇球还是因为笑声感到恼怒。他推开五节手电筒的按钮,雪白的光束便如一把长剑握在手中。他将电光长剑抬起,刺向一排还在大笑不已的人脸。电光照见的脸一律苍白,先是呈现出痛苦的反应,眼睛猛一闭;接着便怒目圆睁,做愤怒之状。镇球打心里讨厌这些故作姿态的脸孔。如果脸孔进一步做出反抗的形状,他就会让手电光束罩定在上面,直到脸孔的愤怒消失,变出恭顺为止。镇球就这样一排排检查过去,那些不知羞耻的男女相叠在一起的大腿、伸进对方衣服里面的手,在遇到他电光照射时都抽筋一样收了回来。镇球今天对这些流氓资产阶级的下流行为无心打击。要是往常，他会当场将他们喊出来，关在楼梯下的黑间里揍一顿，还得要他们写一张公开的检讨书贴在电影院门外。现在他唯一关注的是：她们坐在哪里？到底有没有入场？

没用多久，他看到了她们。他的手电光先照见了老太太。她对手电光毫不示弱，照样兴致勃勃盯着银幕，看样子就是刀架在脖子上，也不影响她的好兴致。镇球急切移过电光，在关掉手电的一刹那，电光已照亮了另外两张脸：鹤子和那个北方男人！镇球的手电马上又亮了。他看到鹤子的头斜靠在男人的肩膀上，两人搁在扶手上的手绞在一起。镇球的手电光停留在两个人的脸上。鹤子的脸色苍白极其不安，仿佛已感到灾难临头，她的手更紧地握住那男人的手。北方男人看上去倒是平静，坦然地面对着电光，似乎还向手执电棒站在黑暗中的对手点头致意。

这一刻的时间很短，不会超过两秒钟，但好像是一次漫长的对峙。镇球最后还是熄灭了电筒，一动不动地站着。一种突袭而来的痛楚使他的全身几乎麻木了。这个北方男人确实是存在的！他是一只丛林的猛兽，有时会潜伏在密林，可是不会消失。眼下，隐藏的猛兽再次出现，而且落入了他的管辖之内。

有一瞬间，镇球想立即集合圣时、天禄把坐在鹤子身边的北方男人当场拉出来查明身份，或者以他在电影院行为不轨的名义羞辱他一顿。但是镇球很快对这些方式失去兴趣。心头的痛楚逐渐消失，身体也恢复了知觉。镇球清醒地意识到那个北方男人也正在黑暗中研究着对手。他相信，在他们两个人之间，很快还会有一次影响他一生的较量。

三

一头黑卷毛的狗熊在这个明亮的花园里东奔西突，追着啃啮一个球状物体，那是他的脑袋……镇球猛然惊醒坐起，觉得头痛欲裂。这会儿是白昼，他在家里睡觉，房间里的光线强得耀眼。镇球想：看来那个北方人已经先于我开始行动了，我还能等多久？

镇球在等待着机会，等待着刮"红色台风"。所谓"红色台风"，是全市公安、民兵、联防队一起行动的夜间查户口大搜捕。镇球想起两个月之前的那次"红色台风"时还激动不已。他跟随派出所指导员午夜时去查一个有亲戚在台湾的地主成分人家。敲过门之后，里面的人没有开门，但听到有人的声音乱作一团。镇球又猛敲了几下门，猛然听得身边响起巨响，伴随着一道火光和火药味。原来是指导员发火了，对着门用他那只勃朗宁手枪开了一枪。指导员原来是刑警队的，一次开摩托车追犯人时出事故脑部受了重伤，后来脾气变得很暴躁。那个晚上抓来了好些人，都是些没有户口和最近不太老实的"四类分子"，在派出所的天井里站成一排。指导员训过话之后，把一个老头叫出来，用扫帚棍痛打，打得那个老家伙在地上打滚。镇球最近想起这件事特别兴奋，他常常觉得挥动着扫帚棍抽人的是他，而在地上打滚的不是那个老地主，而是那个北方的男人。

一天天过去，他越来越无法容忍北方男人继续隐藏在黑暗中。可是下一次"红色台风"什么时候才会刮起谁也不知道。更令他头疼的是，《多瑙河之波》的热潮还没过，又一部阿尔巴尼亚电影《宁死不屈》上演了。由于这个电影有女主角米拉换药时露出胸罩的镜头，电影院继续每天爆满，他得留在这里执勤，从而不能像过去那样带队夜巡了。

在不久后的一个夜晚，最后一场电影已经落幕。镇球和圣时、天禄去八仙桥吃了一碗猪脏米粉之后，执勤算是结束，三个人在十字路口分手了。镇球独自步行回家，在阡陌相连的深巷中，穿过黑夜还是黑夜。他已习惯了黑夜，还喜欢上了黑夜。黑夜使他能够窥视到万花筒一样奇幻的景象，能深入触摸别人的生活和隐私。但他愈往黑夜深处探究，愈觉得在无边的黑夜中隐藏着巨大的秘密，那是他无法真正接触到的……镇球如一条鱼游弋在黑暗的巷弄中，觉得周身舒畅，兴奋不已。不知不觉，他背离了回家的方向，进入了卖糖巷。在那座门户森严墙头长着瓦王草的大宅院门口，他迟疑了片刻，想：这样做是不是有违纪律？但是有一团迷人的火焰从腰肢间往上升，扩及全身。他掏出了万能钥匙，把门锁打开了。

现在，他又回到了白蒙蒙的天井里。经过天牛触角一样的走廊，穿过第二重门槛，便接近了鹤子家的屋子。他潜上了楼梯，无声无息靠近门扉。他感觉到屋子里的灯光还亮着，而且还有人坐在灯下。他屏住呼吸贴着门倾听。一会儿，他听见了老太太清晰的声音：

"鹤子，我好像感觉到那个年轻人又来了，你去把门打开看看。"

"好吧，我这就去。"鹤子应道。

镇球没来得及反应，门一下子开了。灯光猛扑过来，刺得他眼睛都睁不开。他感到窘极了。

"瞧！他果然来了。我说得没错。"老太太兴奋不已地看着鹤子，飞快地洗着手中的一把扑克纸牌，手指灵活得像网兜里活蹦乱跳的河虾。

而这回镇球感到鹤子的身上没有一点热气，冷冷的像一具蜡人。她向后退了一步，从上到下打量了镇球一眼，回到了自己的座位上。

屋里的情景跟上一回的相同，在悬于半空的白炽灯照射下，老太太和女儿对面而坐摸牌，一沓扑克牌在她们手中如孔雀开屏一样分开。镇球咳了一声，喝道：

"马上把牌放下，上回我已经警告过，夜间不准打牌！"

"不，上回你欺骗了我们。事实上政府禁止的是夜间打麻将，并没禁止打扑克。我曾经到居委会查询过治安条例。"老太太盯着手中的纸牌，显得风趣横生。她的眼睛从老花镜上方的间隙瞅着女儿，说："我要出一对黑桃6了，你有什么对子？"

"我有一对梅花9。"鹤子微笑迎合着母亲的兴致。

镇球脸红到了耳根，不知怎样才能摆脱窘境。牌桌上，从老太太手指间飞出一张老K，那纸片上的国王冲着镇球吹胡子瞪眼睛。镇球开始恼火了，说：

"我再说一遍，我是派出所联防队的，我是来查户口的！"

"知道，我已经领教过你两次了。"老太太说。

"你们家到底有几口人？"

"这个你心里很明白。"

"我要看你们的户口册，把户口册拿出来。"

"就搁在这里，我早准备好了。"

镇球看到，在老太太面前的一摊牌下面，露着一本发黄的卷了边的牛皮纸面的本子。镇球有点苦恼：他要是去拿户口本，必须贴近老太太身边。可这样，老太太那张兴奋得发红的脸就可以直接冲着他，还有老太太身上那件毛线衣发出的老人气味也会让他觉得恶心。但他已没有选择，只得硬着头皮伸手去取户口本。老太太突然尖叫一声：

"慢着！你应该戴上那只红袖章，才有资格查我的户口。这是政府的规定。"

"好吧。我这就戴上。"镇球悻悻说着，从屁股后面的口袋里掏出红袖章。袖章又脏又旧，上面的字和印章都看不清了。

"今晚怎么只有你一个人呢？另外两个小伙子呢？"老太太继续盘问。

"他们在楼下警戒。"

"是吗？要不要去把他们请上来坐坐，外面怪冷的。"

这句话使得镇球心惊肉跳，以致看户口册时神不守舍。她们怎么了？好像在演一场请君入瓮的戏似的。我又是怎么了？为什么心跳不已？我有正当的理由进入这里，我不能让一个身份可疑的藏匿者在我的辖区内逍遥自在，我相信他这回跑不掉了。可糟糕的是他又藏起来了。镇球正想着，冷不丁听到鹤子冲他说：

"我没有户口。我的户口还没迁回，你要把我抓走吗？"

镇球猛转过头来，面对着她。她的眼睛里充满了轻蔑，上一回则满是热情。这一下，镇球心里全乱了。他迟疑了一下，才说：

"我不是来抓人的，我只是想见见藏在你们家里的那个男人。"镇球心里觉得难过。他的表现越来越不老练了，说出了自己的想法。

"今晚这屋子里唯一的男人就是你。"老太太说。

"不！你们把他藏起来了。上一回，我没有抓住他。但是几天之前，在瓯江电影院里，我亲眼看见了他和你们坐在一起。"

"当时你用手电筒照着我！你是个没有教养的野孩子。"老太太的脸色一下子凶残起来，眼睛眯成一条线，似乎还正面对着那刺目的手电筒光束。

"你说错了。你们家那个男人才是个没有胆量的胆小鬼，一个藏在女人裙子底下的见不得人的家伙！"镇球忍不住发火了。自从他当起联防队员之后,从来没有遇到过这样的抵抗。

"一对丁钩!我要赢了。"老太太怪叫一声,出了一手牌,兴奋得全身发颤。

"那么我要搜查了。"镇球脸色发白,喊道。

"请便,尽管你没有搜查证。"

镇球已无路可退。他必须再次进入这个带圆洞门的挂着葫芦子珠帘的套间里面。上一回,鹤子站在珠帘的前面,用她丰满而温暖、陶瓷花瓶一样的身体阻挡着镇球进入里面。而今天,鹤子无动于衷地坐在桌前,没有看镇球一眼。镇球在即将撩开珠帘的时候,突然之间感到空虚至极,那诱使他多日的神秘感顷刻间荡然无存了。这种类似早泄的沮丧使他对北方男人的存在真实性再次产生了怀疑。或者说,北方男人的存在与否已不再值得他的关心。现在剩给他的,只是尴尬和疲惫。这个时候他不能后悔,应该尽快结束这件事,于是他一个箭步冲进了套间。立即,有一股凛冽的北风吹得他浑身哆嗦起来。凛冽的北风是从套间里面一扇敞开的木推窗的窗口吹进的(而上一回,镇球没有发现套间有窗门。他一定是把木推窗看成板壁了)。床上的被褥叠得整整齐齐,那条有着红色斑渍似图案的旧床单已经换成一条白色的,小桌和地板擦洗得干干净净纤尘不染。镇球想起动物园里囚禁猛兽的铁笼。猛兽已经出逃，连一点痕迹和气味都没留下。镇球走近木窗把头伸出去，寒冷的风吹得他的头发根根竖起。他看见窗外有一个小阳台，阳台上也空空荡荡。现在他相信，他再也不会见到北方男人了。

"现在，你可以走了。"从他背后，响起鹤子冰冷的声音。

镇球缓缓转过身，面对着鹤子。他的尚未成型的喉结滚动了几下，声音发涩地说：

"回答我一个问题，我就会走。他已经走了，回北方了是吗？"

鹤子一声不响，只是很失望地看着他的眼睛。

屋子里变得异常宁静。静谧中，镇球慢慢退去。退至门边时，他听到老太太最后的声音：

"你不能走！你赶走了我们的客人，我们的三人牌局也残缺不全了。你得留下陪我们打牌！"老太太的声音混浊不清，像是从肺叶间摩擦出来的。镇球忽觉毛骨悚然。

鹤子直着头颈出神，好似在冥冥之中聆听着什么。

一副牌从老太太手里徐徐飘落，在桌上排成整齐的一行。一律是红色，是一组红心同花顺子！

2008 年 9 月 30 日

图书在版编目(CIP)数据

香榭坊巡逻队 / 陈河著. -- 北京：北京十月文艺出版社, 2025.5. -- ISBN 978-7-5302-2475-5

Ⅰ. I247.7

中国国家版本馆CIP数据核字第20259Q1A29号

香榭坊巡逻队
XIANGXIEFANG XUNLUO DUI
陈河 著

出　　版	北 京 出 版 集 团
	北京十月文艺出版社
地　　址	北京北三环中路6号
邮　　编	100120
网　　址	www.bph.com.cn
发　　行	新经典发行有限公司
	电话 010-68423599
经　　销	新华书店
印　　刷	北京盛通印刷股份有限公司
版　　次	2025年5月第1版
印　　次	2025年5月第1次印刷
开　　本	880毫米×1230毫米 1/32
印　　张	9.5
字　　数	160千字
书　　号	ISBN 978-7-5302-2475-5
定　　价	48.00元

如有印装质量问题，由本社负责调换
质量监督电话 010-58572393

版权所有，未经书面许可，不得转载、复制、翻印，违者必究。